マドンナメイト文庫

肛悦家庭訪問 淫虐の人妻調教計画

阿久根道人

目次

contents

肛悦家庭訪問　淫虐の人妻調教計画

プロローグ

横浜港《よこはまこう》やベイブリッジを見晴らす高台に建つレンガ造りの洋館の一角、南向きの大きな窓を背に、美しい女がマホガニー製の執務机に両手を置いて尻を突き出し、男が背後からその尻を抱いている。

「林《はやし》先生、あ、あしたから夏休みだけど……はううううううんっ！　一つ、気になることが、あ、あるのっ！」

「草柳《くさやなぎ》理事長、何でしょう？　気になることっていうのは」

女が激しく喘《あえ》ぎながら息も絶えだえに話すのに対して、男は呼吸一つ乱さず下腹を女の尻に強く打ちつけている。

女は海外の高級ブランドのスカートスーツを着ているものの、スカートはウエストまでまくり上げられ、レースをふんだんに使った黒いパンティは執務机の上に無造作に放り出されている。ムッチリとした太ももと引き締まったふくらはぎからなる美脚は、ガーターベルトに吊《つ》られたシーム入りの黒ストッキングと黒いハイヒールのパンプスに包まれている。夏本番を迎えたばかりの陽光が窓越しに、染み一つない純白の尻山に降り注ぎ、まばゆいハレーションを起こす。

その肉づきのよい尻山を背後から抱いているのは、白い半袖のワイシャツを着た男だ。下半身を剝《む》き出しにし、立ちバックの体位で尻まくりした女を責めている。ズボンとトランクスは革張りのハイバックチェアにかけてある。注意深い観察者なら、男の勃起ペニスが抜き挿しされているのが、女の生殖器官ではなく、排泄《はいせつ》器官だと気づくはずだ。

ここは、中高一貫教育で毎年多数の国立大学や有名私立大学への進学者を輩出する私立の名門男子校「瑞星学園《ずいせい》」本館二階にある理事長室。二十畳ほどの広さがあり、マホガニーの腰壁と漆喰《しっくい》からなる壁には、どちらも重々しい表情の男を描いた肖像画が二点飾られている。肖像画の男たちは、この学園の創立者である初代理事長とその息子の第二代理事長。女の祖父と父親に当る。生徒たちが学ぶ教室や職員室は三年前に建て替えたばかりの新校舎にあるが、理事長室や理事会の会議室、学園の生い立ちや発展を物語る資料を集めた展示室などは、終戦直後に建てられ、ビッシリと蔦《つた》が絡まるこのレンガ造りの洋館に置かれている。

学園の歴史と伝統が刻み込まれた厳粛であるべき理事長室で、こともあろうにアナルセックスで派手なよがり声をあげている女は、第三代理事長の草柳尚子《しょうこ》だ。三年前に父親の第二代理事長の死去に伴い、第三代理事長に就任した。

北欧系のハーフのような彫りの深い美貌、三十五歳の媚肉の熟れ具合を強調するタイトな服装、膝上丈のスカートの上からでもわかるムッチリとした太もも……教育者に相応《ふさわ》しくない過剰なフェロモンをまき散らす艶姿《あですがた》は、多くの生徒たちのスマートフォンで盗撮され、夜な夜なオナニーのオカズになっている。いったい何億匹、何百億匹の精子が虚《むな》しく宙に放たれているのか。何とも罪作りな媚肉だ。

生徒だけでなく、横浜を地盤とする政治家や財界人、学園への多額の寄付を申し出る父兄の中には、名門学園の最高権力者であると同時に最高のセックスシンボルとも言うべき女理事長の媚肉を、一度でいいから味わってみたいと狙っている輩《やから》も多い。

そんな男たちを押しのけて、地位も名誉もある美熟女の尻穴を堪能《たんのう》している果報者は、独身の国語教師で三年C組の担任でもある林倫太郎《りんたろう》、三十歳だ。

尚子理事長には草柳家に婿養子として迎えた五歳年上の夫、秀雄《ひでお》がいる。秀雄は瑞星学園の事務長を務めており、学園を見事に切り盛りしている。だが、尚子理事長は誰にも言えない悩みを抱えていた。秀雄がセックスにあまりにも淡白なのだ。

尚子理事長は一年ほど前、ふとしたことがきっかけで倫太郎が特大のマツタケのようにエラの張った並外れたデカマラの持ち主だと知った。熟れ盛りの肉体を持てあましていた尚子理事長は「アナルセックスは本当のセックスじゃないから、浮気には当たらない」という理屈で、厳格な倫理観を持つべき教育者である自分を正当化し、倫太郎とアナルセックスをした。

もともと性能も感度も類稀《たぐいまれ》な名器と言えるアナルを持っていた尚子理事長は、その一回のアナル体験でアナルセックスの快感の虜《とりこ》となり、それ以来、絶倫の精力も併せ持つ倫太郎と理事長室で密会してはアナルセックスを重ねる関係をつづけている。

そして今、尚子理事長は快感に美貌を歪《ゆが》めながら、自分の尻穴に豪快なストロークで極太ペニスを突き入れてくる倫太郎を振り返る。

「あ、あなたのクラスの高田正昭《たかだまさあき》君、三年生になって……せ、成績が落ちてきているんじゃない？　はううううんっ！」

「確かに、理事長がおっしゃるとおりです。二年までは常に学年で十位以内に入っていましたが、先日の期末テストでは三十位にも入っていませんでした。ですが、理事長はどうしてそれを？」

「私が通っているフィットネスクラブに、はうんっ、高田君の母親も半年前から通うようになって……ど、どうやらインストラクターと不倫してるらしいの。それで、家庭や高田君のお世話がおろそかになって、学業に悪影響が出てるんだわ」

「確かにこのままでは、東大はおろか一橋《ひとつばし》も難しいでしょう。で、理事長は私にどうしろと？」

「高田君の、い、家を訪ねて……あなたの特大マツタケと絶倫の精力で、高田君の母親とインストラクターを別れさせてちょうだい。た、ただし、本物のセックスは駄目よっ！　はうううんっ！　オマ×コに触ったりキスするのも駄目っ！　あなたの特大マツタケを入れていいのは、ア、アナルだけよっ！　いいわねっ！」

上品さと優雅さを併せ持つ学園の最高権力者が、担任教師に生徒の母親とアナルセックスをしろと言うのだ。ふだん物に動じない倫太郎も、さすがに驚いた。

「ええっ？　ぼ、僕に家庭訪問して、高田の母親とアナルセックスしろと？」

「ええ、そうよ」

「でも、理事長はどうして、高田のことをそこまで心配されるんですか？」

「高田君の、ち、父親が、高田君が中学に入ったときから毎年……多額の寄付をしてくれてるの。中等部三年には弟もいるし、父親をがっかりさせたくないのよ」

「わかりました。なんとしてもこのミッション、成功させてみせます」

「林先生、た、頼もしいわっ！　くどいようだけど、狙っていいのは母親のアナルだけよっ！　でないと、担任教師と生徒の母親の不倫になってしまいますからね。よくわかってるわねっ！」

倫太郎は本心では、アナルセックスでも不倫は不倫だと思っているが、それを口にしたら、自分と尚子理事長との関係も終わると考え、受け流すことにした。

それに、倫太郎自身もふつうのセックスにはないアナルセックスの醍醐味《だいごみ》に魅了されている。膣穴よりも強烈な肛門括約筋の締めつけ、ペニスをまったりと絞り上げてくる直腸粘膜の肉体的な快感に加え、本来は排泄行為にのみ使用されるべき器官を犯すという背徳感と、その獣にも劣る背徳的な行為によって美しく高貴な熟女を恥ずべき絶頂に押し上げる征服感に脳髄が痺《しび》れる思いを感じるのだ。

新学年になって早々に面談した高田正明の母親、高田真知子《まちこ》もまた、尚子理事長に比肩する美貌と熟れ肉を持つ熟女だった。倫太郎に断る理由などない。

「承知しました」

「じゃあ、そろそろ……私をイカせてちょうだいっ！」

女上司が口にハンカチを詰め込むのを見届けた倫太郎は、およそ十分間にわたって特大ペニスで女上司の尻穴を責めつづけ、直腸の奥に会心の射精をした。直腸粘膜に熱いしぶきを感じた瞬間、美熟女理事長は背中を大きく反らしてアナル絶頂し、口の中のハンカチに向かって絶叫する。同時に膣穴から勢いよく牝潮が噴射され、足元の絨毯《じゅうたん》の上に何枚も重ねて敷いてあるバスタオルを潮浸しにした。

倫太郎は、精液の最後の一滴まで吐き終えて萎えたペニスを女上司の尻穴から引き抜くと、勝手知ったる手つきで執務机の引き出しから乾いたバスタオルを取り出し、まず女上司の股間をきれいに拭いてやり、直腸粘液にまみれた自分のペニスを拭う。自分たちの足元のバスタオルといっしょに理事長室の奥にある理事長専用の洗面所に置かれた全自動洗濯乾燥機に放り込んでスイッチを入れる。これで、あしたにはまた洗いたてのフカフカのバスタオルを使うことができる。毎日のように大量に使用するバスタオルの処置に手を焼いた尚子理事長が自腹で買ったものだ。

倫太郎が洗面所を出ると、尚子理事長は衣服を整え、何食わぬ顔で書類に目を走らせていた。

第一章　欲求不満の美熟女理事長

「はうううううんっ！　ど、どうして理事長の私が……こんなところで、オ、オナニーなんかしなくちゃいけないのっ！」

一介の高校教師に過ぎない林倫太郎が、勤務する学校の創立者一族出身で、最高権力者である草柳尚子理事長とアナルセックスをする関係になったのは、およそ一年前の昨年の夏休みのことだった。

学園の一泊二日の慰安旅行で、昨年は尚子理事長と約五十人の教職員が熱海《あたみ》の温泉旅館に泊まった。各自が思い思いに温泉や散策を楽しんだあと、浴衣に羽織姿で大宴会場に集合し、山海の幸に舌鼓を打ち、酒を飲む。この宴席では、尚子理事長が一人ひとりに酌をして回り、一年の働きを労《ねぎら》うのが恒例となっている。

尚子理事長が倫太郎の膳の前に両膝を突いて酌をしようとしたとき、バランスを崩して浴衣の襟元が割れ、青白い血管が透けて見えるたわわな乳房がこぼれ落ちそうになった。尚子理事長は直前に温泉を楽しんだらしく、ほんのりと薄紅色に色づいた肌からは、湯の香りに交じって牝の淫臭が立ち昇っていた。

すると、視覚と嗅覚の両方を刺激された倫太郎のペニスが急速に勃起し、胡坐《あぐら》をかいてはだけていた浴衣の裾を割って、特大マツタケとなって頭を出したのだ。幸い、ほかの者には見られていない。

だが、尚子理事長は銚子を持つ手を止め、勃起ペニスに思わず見入ってしまった。その赤黒いマツタケは禍々《まがまが》しいまでに大きな傘を広げ、巨大な傘を支える軸は天を衝《つ》くように反り返っていた。蔦のような血管を這《は》わせた軸の太さは、尚子理事長が手にしている二合徳利か、それ以上だ。

尚子理事長は不覚にも膣穴から蜜液がジワリと染み出るのを感じたらしく、徳利を落しそうになった。倫太郎は倫太郎で、盃《さかずき》を捧げ持ったまま尚子理事長のたわわな乳房に見とれ、自分のペニスが勃起し、さらには浴衣の裾から雨後のタケノコならぬマツタケのようにニョキッと頭を出していることに気づかなかった。

「は、林先生、そ、それをお仕舞になって……」

顔を真っ赤にした尚子理事長が指さす先を見て、倫太郎はようやく異変を知る。

「こ、これは失礼しました。粗相をして申し訳ありません。理事長の胸に見とれてしまって、つい……」

今度は尚子理事長が異変に気づき、あわてて片手で素早く襟を直すと、細かく震える手で倫太郎の盃に酌をして、そそくさと隣の膳の前に移動した。

時間にしてほんの数秒の出来事であり、この場では、それ以上の何も起こらなかった。これが数時間後に二人の運命を大きく変える契機になるとは、尚子理事長も倫太郎も知るよしもなかった。

尚子理事長は十年前、銀行マンだった五歳年上の松永《まつなが》秀雄と結婚した。秀雄は東大卒業後、学園のメインバンクである大手銀行に入行した。その働きぶりが尚子の父親である第二代理事長の目に止まり、学園の事務長としてヘッドハンティングされると同時に草柳家の婿養子となり、尚子と結婚した。

秀雄は頭脳明晰《めいせき》かつ温厚な性格で、事務長として学園運営に見事な手腕を発揮し、五年前、先代理事長の死亡に伴って理事長に就任した尚子を陰でよく支えている。そんな非の打ちどころのない理想の夫に見える秀雄だが、尚子理事長には一つだけ不満があった。

性的に淡白すぎるのだ。あるとき、尚子理事長が倫太郎に告白したところによると、夫婦がセックスするのは、草柳家の跡継ぎを作るため、尚子理事長が最も妊娠しやすい日に限られる。しかも、尚子理事長がフェラチオで半ば強制的に勃起させたペニスを膣穴に挿入し、ものの三分もたたないうちに射精するのが常だという。

二十代はそれでも欲求不満を我慢できていたが、三十歳を超えて次第に身体が熟れてくると、身体の奥底から湧いてくる疼《うず》きを抑えることができなくなってきた。秀雄が寝入ったあとのベッドの中やバスルームで、膣穴やクリトリスに指をやってしまうことも、週に一度や二度ではなかったそうだ。

それでも、処女のまま結婚して夫のペニスしか知らない尚子理事長は、この日の宴会の最中、倫太郎の勃起ペニスを見て、世の中に夫のペニスとは比べものにならないぐらい長大なペニスがあることを知った。そして、女としての本能で、その長大なペニスがとてつもなく素晴らしい快感をもたらしてくれるに違いないと直感し、初めて夫以外の男に抱かれたいと思ったらしい。

一方の倫太郎はというと、多くの生徒と同様に尚子理事長をオカズに何度もオナニーをしてきたが、倫太郎にとって尚子理事長はあまりに美しく高貴な存在であり、とうてい手の届かない高嶺《たかね》の花として崇拝すらしていた。

そのために、尚子理事長とセックスをすることなど考えも及ばなかった。だが、自分に酌をしてくれた尚子理事長の身体から立ち昇るきつい淫臭を嗅いだことで、崇拝の念はもろくも崩れ去った。オナニーの際の想像上の作り話ではなく、実際に尚子理事長の下腹に顔を埋《うず》めて膣穴から流れ出る蜜液をすすり、その膣穴に思うさま勃起ペニスを突き入れ、その美貌を快感で歪めさせたいと強く思ったのだ。

やがて宴会はお開きとなり、それぞれの部屋に戻った。尚子理事長の夫の秀雄は事務長として学園の留守番をしており、尚子理事長は個室露天風呂つきの特別室に一人で泊っていた。倫太郎はほかの教員二人との相部屋だ。倫太郎は深夜になってもペニスが勃起したままで寝つけず、夜半、オナニーをするために露天風呂に行った。

幸い、露天風呂にはほかの客はおらず、温泉に浸《つ》かって半身浴をしながら勃起ペニスをシゴこうとしたときだった。三メートル近い高さがある竹垣越しに、忍び泣くような女の喘ぎ声が聞こえてくるではないか。

「はうううううんっ！　ど、どうして理事長の私が……こんなところで、オ、オナニーなんかしなくちゃいけないのっ！　は、林先生、あなたが悪いのよ。あんなに立派なオチ×チンを見せつけたりして……はうううううんっ！」

それは、尚子理事長の喘ぎ声だった。男の露天風呂のすぐ隣が、尚子理事長が泊まっている特別室の専用露天風呂だったのだ。

倫太郎が勃起ペニスを握ったまま息を潜め、耳を澄ましていると、ピチャピチャという水音に交じって、絹を裂くような悲鳴が聞こえてきた。

「やめてっ！　林先生、私は教育者で人妻なのよっ！　夫を裏切ることなんてできないわっ！」

尚子理事長は倫太郎に襲いかかられるシナリオで一人芝居を演じているようだ。ピチャピチャという水音がいっそう大きくなる。

「はううううんっ！　駄目っ！　林先生、駄目よっ！　ク、クリトリスを……な、舐《な》めたりなんて……か、堪忍してっ！」

なんと尚子理事長はクリトリスに指を遣ってオナニーをしているのだ。すでに完全勃起している倫太郎のペニスはさらに大きくなり、硬度も増した。ペニスの海綿体に血液が限界を越えて流入し、痛いぐらいだ。

「は、林先生、前は駄目よっ！　う、後ろにください、林先生のオチ×チンっ！」

なんだって？　後ろってなんだ？

尚子理事長がすぐに答えを教えてくれた。

「林先生の大きなオチ×チン、お尻の穴にいただいて……尚子はイキます。はうううううんっ！」

なんと尚子理事長は倫太郎とのアナルセックスを思い描きながらオナニーをし、絶頂を極めようとしているのだっ！

「おおおっ！　理事長、ぼ、僕もいっしょに……イカせてくださいっ！」

尚子理事長のあまりにエロいささやきに脳髄が沸騰し、倫太郎は勃起ペニスをシゴきながら思わず声をあげてしまった。すぐさま竹垣の向こうから、絹を裂くような悲鳴があがった。

「ひいいいいっ！　ま、まさか……林先生、そこにいらっしゃるの？」

「は、はい、すみません。僕も理事長の巨乳といやらしい匂いが忘れられなくて、オナニーをしに露天風呂に……そうしたら、理事長の声が聞こえてきて。今、こっちの露天風呂にいるのは僕一人です。そっちに行ってもいいですか？」

「こ、こっちに来るって……どうやって？」

混乱の極致にいる尚子理事長は、倫太郎に来るなとは言わなかった。二つの露天風呂は高さ三メートルほどの竹垣で仕切られており、境界の端には大きな岩がある。倫太郎は完全勃起したペニスがゴツゴツした岩肌にぶつかるのをものともせず、大岩をよじ登った。

もしも誰かに見つかれば警察に突き出されるのは確実だが、尚子理事長が自分の名前を呼びながらオナニーをする声を聞いた倫太郎は、頭に血が昇り、もはや善悪や是非の判断など吹き飛んでいた。

大岩の上から専用露天風呂を覗《のぞ》くと、銭湯と同じぐらいの広さの檜《ひのき》造りの湯船の隅に身を寄せ、胸と股間を手で隠している尚子理事長が見えた。尚子理事長の裸身は、月明かりを浴び、ひときわ白く輝いていた。

倫太郎が滑り落ちないように注意して湯船の中央に降り立つと、湯が波立ち、しぶきが上がった。尚子理事長が反射的に顔を背け、再び目を開けると、目と鼻の先に特大マツタケが生えていた。倫太郎の浴衣の裾から頭を出しているときも十分に大きく見えただろうが、至近距離で下から見上げると、そのマツタケは恐ろしいまでに傘を開き、天を衝く勢いでそびえ立っているに違いない。

「す、すごいわっ！　本当に、こ、これが林先生のオチ×チンなの？」

林先生と呼ぶ尚子理事長の声に、倫太郎は我に返った。雇い主である尚子理事長が入浴する専用露天風呂に素っ裸で乱入したうえ、勃起ペニスまで見せつけている。そのことの重大さにようやく気づいたのだ。だが、ここで中途半端に引き下がったら、解雇されるばかりか、その前に出歯亀や痴漢として警察に突き出されかねない。

かくなるうえは、いくところまでいくしかない。憧れの尚子理事長と一戦交えることができるなら、たとえ警察に突き出されても本望だ。そう覚悟を決めた倫太郎は、美しき最高権力者に向かって思い切り腰を突き出した。

「そうです。これは正真正銘、僕のチ×ポです。理事長がエッチな喘ぎ声をあげながら僕の名前を呼んでいるのを聞いて、こんなに痛いほど勃《た》ってしまったんです。理事長、何とかしてください。責任を取ってください」

尚子理事長は日ごろから「責任」を重要視している。国民の一人としての責任、学校経営者としての責任、教育者としての責任……そして今は、露天風呂に乱入してきた素っ裸の男に、チ×ポを勃起させてしまった責任を取るように迫られていた。

「で、でも、私、隣の露天風呂に林先生が入っているなんて知りませんでしたわ」

「知らなかったら、何をしてもいいと言うんですか？　教育者たる者が、こともあろうに露天風呂でオナニーなんかしてもいいんですか？」

「でも、それは宴会で、あなたの大きなオチ×チンを見せられて……」

「だって、それは理事長が身体全体からエッチな匂いをプンプンさせながら、浴衣の襟元から巨乳をポロリとしそうになったからですよ。元はと言えば、理事長の身体がエロ過ぎるのが悪いんです」

いつもは冷静沈着な尚子理事長も、宴会での一件からあとは調子が狂いっ放しで、倫太郎の無茶苦茶な言いがかりに反論できないでいる。それをいいことに、倫太郎は尚子理事長の目の前で勃起ペニスを左右に揺らしながら、追い討ちをかける。

「いつも、責任、責任と口癖のように言ってるんですから、学園経営者として教師のチ×ポを勃たせた責任を取ってください」

尚子理事長は目と鼻の先で催眠術師が使う振り子のように揺れる勃起ペニスから目を逸《そ》らすことができず、つい両手を伸ばして倫太郎の勃起ペニスを握りしめた。

「ど、どうやってこれの責任を取れというの？　私は人妻だから、夫を裏切ることはできないわっ！」

「その答えは、さっき理事長自身がおっしゃっていたじゃないですか？」

「えぇっ？　私が……なんと？」

「もう忘れたんですか？　オナニーの最中に『林先生のオチ×チン、お尻の穴にいただいて尚子はイキますっ！』って言ってましたよね」

倫太郎が「お尻の穴」と言った瞬間、それまで追い込まれてオロオロしていた尚子理事長の目が座り、淫蕩《いんとう》そうな鈍い光が宿るのがわかった。獲物を見つけた女豹《めひょう》のような目で倫太郎を見つめ、舌舐めずりせんばかりの口調で返答する。

「ええ、確かにそう言ったわね。仕方ないわ。林先生のオチ×チンを勃起させてしまった責任を、不倫にならないように、私のお尻の穴で取らせていただくわ」

まさに豹変とはこのこと。今度は倫太郎が驚く番だった。急転直下、本物のセックスではないとは言え、自慢のデカマラで憧れの尚子理事長の熟れ肉を味わうことができるようになったのだ。

「理事長は……ア、アナルセックスの経験はあるんですか？」

「そんなこと、あるわけないでしょ。私、そんな変態じゃないわっ！」

美しい熟女の尻穴の処女をいただくのだから、背徳感はふつうのセックスより格段に強烈だ。高貴を絵に描いたような尚子理事長がなぜ、そんな背徳的なセックスにこだわるのか。完全に頭に血が昇っている倫太郎はその違和感に気づきもしなかったが、実は尚子理事長は数カ月前のある出来事をきっかけに、アナルセックスにひどく執着するようになっていたのだ。

後に倫太郎が聞かされた「ある出来事」とは、以下のようなものだ。

セックスに超淡泊なうえに超早漏の夫のせいでどんなに欲求不満であっても、厳格な教育者一家に育った者として、また一人の妻として、尚子理事長には夫を裏切ることは許されない。その一方で、オナニーでは決して満たすことができない激しい欲求不満に悶々《もんもん》としていた。

そんなある日、横浜で開かれた性教育関連のセミナーに出席した際、講師が海外の青少年のセックス事情を紹介する中で「ある宗教では、アナルセックスは本当のセックスではないから、結婚前の男女も肛門で交わることは許されている」と話すのを聴いたのだ。

それ以来、宿痾《しゆくあ》のように根深い欲求不満を、疑似セックスであるアナルセックスなら解消できるかもしれないと考え、アナルセックスのことが頭から離れなくなった。その宗教の教えから、アナルセックスなら夫を裏切ることにはならないという結論を導き出したという。

ときおり自らの指の腹で肛門の窄《すぼ》まりを愛撫することはあるが、指であれ何であれ、窄まりの中に自ら異物を挿入するのは恐ろしくてできない。心の奥底で誰かとアナルセックスをすることを待ち望んでいた尚子理事長に、図らずも今宵、そのチャンスがめぐってきたというわけだ。しかも、その相手は特大マツタケのような見たこともない立派なペニスを持っている。尚子理事長は、学園の最高責任者としての体面を保ちつつ、このチャンスを逃すまいと決意したようだ。

「私はそんな変態じゃないけど、林先生のオチ×チンを勃たせてしまったのは事実だから、潔く責任を取らせていただくわ」

「じゃあ、本当に、理事長のアナル処女をいただけるんですね」

「まあ、お尻の穴に処女膜はないけど、主人にも挿入されたことはないから、処女と言えなくもないわね」

「ありがとうございます。不肖林倫太郎、理事長のお尻の穴の処女、最高の敬意をもっていただきます」

「うふっ！　そんな時代がかった大袈裟《おおげさ》な言い方をしなくても……」

宴会での出来事以来初めて、尚子理事長が笑った。倫太郎は以前に観《み》たアナル物のアダルトビデオで、指南役が「ペニスを挿入する前に肛門括約筋を十分にほぐしておかなければいけない」と言っていたのを思い出した。

「理事長の気持ちが少しほぐれたところで、お尻の穴もほぐしておきましょう」

「お、お尻の穴をほぐす？　どうやって？」

「僕に任せてください」

倫太郎は言うが早いか、尚子理事長のウエストを両手でつかんでうつ伏せにし、尚子理事長を湯船の縁につかまらせた。

「な、何をするのっ！」

「こうするんです」

倫太郎が両手で尚子理事長の腰を引き上げると、尚子理事長の尻山がポッカリと湯に浮かんだ。だが、それだけでは肛門の窄まりは豊かな尻山の狭間《はざま》の深い谷底にあって、目にすることはできない。倫太郎は谷間に顔を埋め、舌先で探り当てた窄まりに唇をかぶせる。

「お、お尻の穴にキスするなんて……林先生、へ、変態よっ！」

倫太郎は美しい上司の肛門に唇を強く押しつけ、窄まりを強く吸いながら、舌先をグルグルと回転させて窄まりのシワを舐め回す。ひとしきり舐め回すと、今度は逆回転で舐めつづける。

「はうううんっ！　く、くすぐったいっ！　けど……き、気持ちいいっ！　お尻の穴がだんだん熱くなってきたわっ！」

舌先を尖《とが》らせて窄まりの中心にもぐり込ませようとすると、窄まりは自らおちょぼ口を開いて舌先に吸いついてくる。倫太郎にとっても初めてのアナル舐めだから確たる自身はないが、恐らく、尚子理事長の尻穴がかなりほぐれてきた証《あかし》だろう。

だが、〝敵〟は学園の最高権力者の尻穴だ。万が一にも傷つけるようなことがあってはならない。念には念を入れて、今度は窄まりのシワの一本一本を舌先で掘り起こすように舐め、その刻みの奥にまで唾液を染み込ませていく。

「こ、今度は……熱くなっていたお尻の穴が癒《いや》されていくみたいだわっ！」

倫太郎が尚子理事長の尻山の谷間に顔を埋めてからおよそ二十分が経過したころ、肛門の窄まりがさらなる刺激を催促するようにヒクつき始め、尚子理事長の喘ぎ声も切羽詰まったものになった。

「はあああんっ！　私のお尻の穴、もう十分にほぐれたでしょ。林先生、そろそろお願い……ねっ！」

美しい上司のおねだりの言葉に、倫太郎は顔を上げ、月明かりに白く輝く尚子理事長の尻山を両手でグイッと大きく割り開く。一帯はまったくの無毛で、肛門の周囲から会陰にかけて、陰裂全体の色素沈着がかなり進んでいるのが見て取れた。中でも、倫太郎の唾液にまみれた肛門の窄まりは色素沈着がひときわ進み、月明かりを浴びて黒光りしている。倫太郎は思わず息を呑《の》んだ。

「おおおおっ、理事長の尻穴、こんなに黒ずんでるなんてっ！」

「く、黒ずんでいるなんて……し、失礼よっ！」

「す、すみませんっ。でも、形はとってもきれいで、緻密なシワが放射状にきれいに並んでいます。まるで黒い小菊のようです」

「形は……きれいなのね。よかったわ」

「はい。それに味も新鮮な魚介類のようで、とってもおいしかったですよ」

「そ、そうなの？」

「そのまま食べてしまいたくなりました。でも、そうはいかないので、理事長のお尻の穴、今度は僕のチ×ポで味わわせてもらいます」

倫太郎は傍らに置いてあるアメニティーグッズの中からボディローションのボトルを取り、中身を尚子理事長の尻穴に垂らし、窄まりのシワの一本一本に丁寧に塗り込んでいく。垂らしては塗り込め、垂らしては塗り込めしているうちに、尚子理事長の窄まりが倫太郎の指を吸い込もうとするようになった。受け入れ態勢は完璧だ。倫太郎ははやる気持ちを抑え、勃起ペニスにもローションを塗りつける。

「さあ、いきますよ。深呼吸して、息を吐いてください」

これもアダルトビデオの受け売りだが、人生では、いったい何が役に立つかわからない。倫太郎は心の中でつぶやくと、成長しすぎたマツタケのように目いっぱい傘を開いた亀頭を、美しい上司の黒光りする尻穴にあてがい、徐々に体重をのせていく。

「ふううう……あああああんっ！」

息を吐く音が途中から喘ぎ声に変わり、音程が徐々に上がっていく。最後には一オクターブ以上も上がり、声が裏返ってしまった。

尚子理事長の肛門括約筋は、亀頭の一番太い部分と同じぐらいまで開いている。倫太郎がとどめをさすように腰をズイッと前に押し出すと、ズボッという音とともに亀頭が肛門括約筋の内側に沈み込んだ。アナル破瓜《はか》の瞬間だ。

「はうっ！　は、入ったのねっ、林先生のオチ×チンっ！」

「はいっ、入りましたっ！　理事長のお尻の穴、すごい締めつけだっ！　亀頭が食いちぎられそうだっ！　理事長のお尻の穴、目いっぱい広がって……血が出たりはしていませんが、大丈夫ですか？」

「こ、こんなにも、お、お尻の穴を広げられるなんて……大丈夫かどうかなんて、わからないわっ！　林先生のオチ×チン、す、すごい圧迫感なんですものっ！」

「先っぽを食いちぎられないうちに、ね、根元まで入れますよ」

倫太郎は両手で尚子理事長の腰骨をしっかりとつかむと、自分の方に徐々に引き寄せ、ついに尚子理事長の尻山を自分の下腹に密着させた。特大マツタケが根元まで、尚子理事長の尻穴に丸呑みされたのだ。

「こ、今度は、胃の中まで……く、串刺しにされてるみたいっ！」

「ぼ、僕の方も、チ×ポが根元からちょん切られそうですっ！」

尚子理事長にとっても倫太郎にとっても、アナルセックスの衝撃は想像以上で、息を整えて余韻をやり過ごす時間が必要だった。しかし、その間も、尚子理事長の肛門括約筋は休むことなく倫太郎の勃起ペニスの根元を締め上げ、直腸粘膜は亀頭をまったりとしゃぶってくる。

「今度は、ちょ、直腸が亀頭にまとわりついてるっ！　ま、まるでお尻の穴の中でフエラチオされてるみたいですっ！」

このままでは三こすり半どころか、一こすりもしないうちにイカされてしまうと焦った倫太郎は、攻撃は最大の防御という言葉を思い出した。

「理事長、いいですか？　動きますよ」

「ええ、いいわ。でも、そっとよ」

倫太郎は尚子理事長の尻山を手で押しながら、一センチ刻みにペニスを尻穴から引き抜いていく。髪の毛一本ほどの隙間もなく絡みついている直腸粘膜が、亀頭のエラの裏側までしゃぶりついてくる。

「な、なんて気持ちいいんだっ！　憧れていた理事長のお尻の穴、最高に気持ちいいですっ！　僕は……なんて幸せ者なんだっ！」

「はうううんっ！　そ、そんなことより、今度は……な、内臓ごと引きずり出されてるみたいよっ！」

実際には、肛門括約筋の内側に沈み込んでいた窄まりが、勃起ペニスの肉茎に引きずられて姿を現しただけだが、尚子理事長の直腸の中では、張り出しの大きい亀頭のエラが粘膜の襞襞を削り取るように引き出されている。それを尚子理事長は「内臓ごと引きずり出される」と感じるのだろう。

倫太郎は、亀頭のエラが肛門括約筋に引っかかるところまでペニスを引き出すと、今度はまた一センチ刻みに押し込んでいく。そんな抜き挿しを三、四回ばかりつづけると、肉茎がローション以外の粘液にまみれているのがわかった。その粘液が肛門括約筋と勃起ペニスの滑りを格段によくしている。倫太郎がここぞとばかりに力強く大きなストロークを繰り出すと、それが倫太郎にも尚子理事長にも、破壊的な快感の爆発をもたらす結果となった。

「は、林先生っ！　き、気持ちよすぎるわっ！　ア、アナルセックスが……こ、こんなに気持ちいいなんてっ！　尚子、もうすぐイキますっ！　イクッ！」

「ぼ、僕も……もう駄目だっ！　出るっ！　理事長のお尻の穴に出るっ！」

倫太郎が尚子理事長の尻山に下腹を打ちつけ、直腸の奥に深々と埋め込んだ亀頭の先端から大量の精液をしぶかせると、尚子理事長は背中を思い切り反らし、月に向かって獣のような咆哮《ほうこう》をあげる。そして、次の瞬間だった。

尚子理事長の膣穴から、温泉よりも熱い牝潮が勢いよく噴射された。

「はおおおおんっ！　何なの、これっ？　こ、こんなの初めてよ」

尚子理事長が牝潮を噴射する間、倫太郎も尚子理事長の直腸に射精をつづけ、二人はほとんど同時に湯船に崩れ落ちた。尚子理事長は激しかった絶頂の余韻に身悶《みもだ》えるばかりで、倫太郎が咄嗟《とっさ》に尻穴から勃起ペニスを抜いて身体を支えなければ、湯の中に倒れ込み、溺れていたかもしれない。

「理事長、大丈夫ですか？」

「は、林先生、ありがとう」

倫太郎は左腕で尚子理事長を抱き寄せ、その美しい顔に貼りついた黒髪を右手で撫《な》でて整えてやる。解脱したような優しい笑顔を見せていたが、不意に思い出したように眉をひそめる。

「私の身体に、いったい何が起こったの？　私のアソコから……オシッコみたいに液体が噴き出していたわ」

「理事長は潮を噴いたことはないんですか？」

「潮を……噴く？　な、ないわ、そんなこと」

「女性が本当に感じてイクと、膣から潮を噴くんです。イキ潮とか牝潮、単にお潮とか言います。理事長は今夜、生まれて初めて本当にイッたというわけです。それも初めてのアナルセックスで」

「そう言えば、腰のあたりに溜《た》まっていたモヤモヤが、一気にデトックスされたみたい……スッキリしたわ。林先生のおかげだわ」

「理事長のお尻の穴が、アナルセックス向きの第二の性器の素質に恵まれていたんです。僕もこんなに気持ちのいい射精をしたのは初めてです」

二人は並んで露天風呂に身を横たえ、快感の余韻が静かに引いていくのを感じながら、夜空にポッカリと浮かんだ月を眺めていた。

倫太郎はアナルセックスの最中から気にかかっていた質問をした。

「理事長、一つお尋ねしてもいいでしょうか?」

「いいわよ。なあに?」

「人妻がお尻の穴でセックスするのは、不倫とか浮気にならないんですか?」

「そうよ。戒律の厳しい宗教では、たとえ愛し合っていても婚前セックスは禁止されているけど、本物のセックスじゃないアナルセックスは許されているの。それで、未婚の恋人たちはアナルセックスを楽しんでいるそうよ。だったら、たとえ人妻でも、アナルセックスなら不倫にはならないはずだわ」

倫太郎はずいぶんと手前勝手で都合のいい解釈だと思わないでもなかったが、あえて疑問を呈することはしなかった。

月明かりの下で、倫太郎は湯に横たわる尚子理事長の裸身を改めて鑑賞する。欲情に駆られて個室露天風呂に乱入したときは、アナルセックスのことしか頭になく、肉づきのいい尻山とその狭間の深い谷しか見えていなかった。

尚子理事長は身長百七十五センチの倫太郎よりも二十センチほど小柄で、倫太郎に肩を抱かれた姿は幼子のように頼りなげに見える。その裸身には染み一つなく、腋窩《えきか》や陰部の翳《かげ》りもない。その中にあって、たわわな乳房の頂点にのっている乳首と乳輪は、形や大きさは慎ましいものの、その色は陰裂と同様に色素沈着が進んでいる。高貴なまでに美しい肉体の奥に潜む快楽への渇望の強さが、陰裂と両の乳房の頂点に吹き出したようだ。

その点を除けばほぼ純白に近い裸身は、青白い月光に輝いて湯にたゆたい、くびれたウエストから張り出しの見事な腰にかけて、人魚のような流麗な曲線を描く。古今東西のいかなる画家も、これほど幻想的な美しさを描ききることはできないだろう。

尚子理事長は感謝の気持ちを表そうとしているのか、顔を倫太郎に向け、目を閉じる。上は薄く下はやや厚ぼったい唇が、倫太郎の目の前に差し出されている。倫太郎がその薔薇《ばら》の唇に唇を重ねると、尚子理事長の方から舌を挿し入れてきた。倫太郎はその舌を吸い、自らの舌を絡め、美しい女上司の甘い唾液を味わう。

すると、大量の精液を尚子理事長の直腸にしぶかせたばかりだというのに、ペニスの海綿体に血液が流入し始めた。倫太郎は思い切って尚子理事長の手を取り、勃起途中のペニスを握らせると、尚子理事長の柔らかい手が触れたとたんに完全勃起し、特大マツタケの傘ように亀頭のエラも大きく張り出した。

「お、大きくなってるわ、林先生のオチ×チン！　ど、どうしてなの？」

「理事長がとってもきれいで、エロいからに決まってますよ」

尚子理事長と夫の秀雄のセックスは月にわずかに一回ほど。しかも、秀雄は挿入してから三分ももたずに射精し、そのまま寝てしまう。それゆえ尚子理事長にすれば、倫太郎のペニスは大きさと言い、持続力と言い、さらには回復力と言い、まさに驚異的だ。

尚子理事長は、特大マツタケを手に取って吟味する主婦のような真剣な眼差《まなざ》しと手つきで、親指と人差し指で作った輪で肉茎の太さを測り、その輪を先の方に滑らせてエラの張り具合を確かめる。

「どうですか、僕のマツタケは？」

「軸は指が回らないぐらい太くて、傘も怖いぐらいに開いてる。こ、こんなに大きなものが、私のお尻の穴に入っていたなんて……信じられないわ」

「理事長のような素晴らしいアナルなら、私は一晩に二回でも三回でも大丈夫です。もう一度、いかがですか？」

月にせいぜい一回で、所要時間わずか三分の夫に対して、倫太郎は特大マツタケで尻穴をさんざんに責めまくったあげくに、初めてのアナルセックスで初めての絶頂を極めさせ、おまけに初めての牝潮まで噴かせた。女として至上の快楽を教えられた尚子理事長は、倫太郎の誘い言葉に喜んで屈した。

「じゃあ……もう一度、お願いしてもいいかしら？」

倫太郎が尚子理事長を改めてうつ伏せにしようとすると、尚子理事長はそれを手で制した。

「その前に、今度は私にも味わわせて」

「フェ、フェラチオしてくれるんですか？」

尚子理事長は恥ずかしそうに小さくうなずくと、倫太郎を湯船の縁に座らせ、湯の中で倫太郎の足元にひざまずく。そして、目の前にそびえる特大マツタケを左手で握り、右手で温泉の湯を二、三度かけては亀頭の先端から肉茎の根元まで満遍なく丁寧にシゴく。少し前まで自分の肛門に挿入されていた一物をそのままくわえるのは、さすがにためらわれたのだろう。

だが、その所作は手コキそのもので、倫太郎に身震いするほどの快感をもたらす。恐らく炊事や洗濯などしたことがないだろう尚子理事長の指は細くしなやかで、手のひらはマシュマロのように柔らかい。

「おおおおっ！　こんなに気持ちのいい手コキは、は、初めてですっ！」

自らの直腸粘液と倫太郎の精液をきれいに洗い流した尚子理事長は、天を衝く特大マツタケの角度を右手で調整し、開いた傘の裏側を尖らせた舌先でくすぐる。意外に慣れた手つきと舌さばきだ。

「フェ、フェラチオもなんて気持ちいいんだっ！　理事長のような美しい貴婦人が、ど、どうしてこんなにフェラが上手なんですか？　気持ちよすぎるっ！」

尚子理事長は悪戯《いたずら》っぽく微笑《ほほえ》み、上目遣いに倫太郎を見つめる。

「主人は精力があまり強くないから、セックスするときは、私がお口で勃たせてあげるのよ。林先生にはそんな必要はないけど、あんまり立派なマツタケだから、くわえたり舐めたりしたくなったの。いいでしょ？」

「も、もちろんです。もったいないぐらいです」

尚子理事長は腰を浮かせると、口を大きく開き、特大マツタケを上から丸呑みしていく。八頭身の小顔だけに、全長の半分も呑み込まないうちに亀頭の先端が口腔《こうこう》の奥の壁に突き当たる。尚子理事長は目を白黒させながら、健気にもさらに呑み込もうとするが、自分では何回トライしても呑み込めない。小学校の水泳の授業で、プールになかなか飛び込めない児童のようだ。

その様子を見ていた倫太郎の心の中で、美しい女上司を娼婦《しょうふ》のように扱って貶《おとし》めたいというドス黒い欲望が、沸々と湧いてきた。理性が焼き切れてしまっている倫太郎は、引きつった笑いを浮かべて宣告する。

「理事長がせっかくもっと奥まで呑み込もうとしてくださってるので、僕にお手伝いをさせてください」

何をされるのか不安げに見上げる尚子理事長の頭を両手でつかむと、その美しい顔を無造作に自分の下腹に引きつける。亀頭が尚子理事長の喉奥に、ズルリと入り込んだのがわかった。イラマチオによるディープスロートだ。

「ウガッ！　ウグッ！　ウゴッ！」

尚子理事長は声にならない呻《うめ》き声をあげ、倫太郎の腹といわず胸といわず両の拳で叩《たた》き、懸命に抗議する。倫太郎は悶え暴れる女上司の頭を十秒ほど押さえつけてから手を離した。

「ゲホッ、ゲホッ、ゲホッ！　ひ、ひどいわっ！　あ、危うく窒息死するところだったわっ！　もう一度こんな真似《まね》をしたら……」

尚子理事長は、湯に沈まないように両手で倫太郎の勃起ペニスにしっかりとつかまり、涙と涎《よだれ》で美しい顔をグチャグチャにして怒りの言葉を口にする。だが、それは言葉だけだ。

その証拠に、倫太郎が「もう一度したら、どうなるんですか？」と尋ねると、尚子理事長は目をうっとりと潤ませ、勃起ペニスを握った両手で傘が大きく開いた亀頭を自分の口に導こうとさえする。

「嫌だと言っても、林先生はどうせ……またするんでしょ？」

尚子理事長は明らかにイラマチオを誘っている。知的で高貴な美しい仮面の下に、マゾの血を隠し持っていたのだ。尚子理事長は征服者にかしずく敗国の美しい王妃さながらに、支配される屈辱と快楽への期待の入り混じった目で倫太郎を見上げ、口腔と喉奥への凌《りよう》辱《じよく》を待っている。

倫太郎が再び尚子理事長の頭に両手を置くと、尚子理事長は長い睫《まつ》毛《げ》が印象的な目を閉じ、口を開く。

「理事長、アナルセックスのときと同じで、あ～と声を出しながら喉の奥をリラックスさせてください」

これはアダルトビデオで得た知識ではなく、単なる当てずっぽうだったが、意外にも効果があった。

倫太郎は「あ～」と言って開けている尚子理事長の口に、エラの張った亀頭を押し込み、八頭身の小さな頭を両手でゆっくりと引き寄せる。亀頭の先端が口腔の奥の壁に当たり、さらに引き寄せると、亀頭はさしたる抵抗も受けずに喉に入り込む。尚子理事長は涙目になりながらも、えずいたり暴れたりはしない。

「理事長、すごいですよ。二度目のイラマチオで、亀頭をこんなにスムースに喉奥に受け入れて、ディープスロートまでしてくれるなんて……理事長の口と喉、なんて気持ちいいんだっ！」

狭隘《きょうあい》な喉奥に侵入した亀頭は喉粘膜の蠕動《ぜんどう》によって絞り上げられ、肉茎の裏側はざらついた舌で摩擦される。射精感が急速に高まり、倫太郎は慌てて尚子理事長の口からペニスを引き抜いた。

「危うく理事長の口に出してしまうところでした」

尚子理事長が口から垂れた唾液を手で拭いながら言う。

「出してくれもよかったのに。林先生の言うとおりにしたら、ちっとも苦しくはなかったわ」

「それは、理事長の口と喉も立派な性器だということです。お尻の穴がが第二の性器なら、口と喉は第三の性器になりますね」

「第三の性器？」

「そうです。理事長は生殖器官を三つも持っているということになります。膣穴はご主人のものとしても、あとの二つを使わないのは宝の持ち腐れです。使わないと、欲求不満がまた募る一方になりますよ」

「わかったわ。第三の性器はまた今度にして、今はやっぱり……第二の性器でまたお潮を噴かせてもらいたいわ」

と、そのとき、隣の露天風呂に男たちが入ってきて、声高に会話する。

「宴会のときの理事長の浴衣姿、今年はまたいちだんとエロかったよ」

「ああ、熟れた身体からフェロモン出しまくりって感じだったからな」

「生徒たちのオナペット第一位が理事長だっていうのもわかるぜ」

「ヤツらがみんな熟女フェチになったら困るけどな」

声に聞き覚えがあり、話の内容からしても、瑞星学園の教師に間違いない。噂《うわさ》の主の尚子理事長はいたたまれず、倫太郎の耳元で「部屋に入りましょ」とささやく。もちろん倫太郎に異存はない。音を立てないように手に手を取って湯船から上がり、脱衣場で身体を拭いて特別室の中に入った。

特別室は、和洋折衷のスイートルームになっている。十畳の和室の隣にほぼ同じ大きさの洋室があり、洋室には二台のダブルサイズのベッドが置かれている。一方はベッドメイキングされたままで、もう一方は毛布が乱れている。尚子理事長はこちらのベッドで眠ろうとしていたようだ。眠ろうとしたが、倫太郎の特大マツタケが目に焼きついて眠れず、専用露天風呂に入ってオナニーをしていたのだ。部屋には尚子理事長のえも言われぬ牝臭が充満している。その匂いを嗅いだだけで、萎えかけていた倫太郎のペニスの海綿体に血液が流入を始める。

部屋は二つとも薄暗く、尚子理事長が和室の隅に置かれた冷蔵庫を開けると、庫内からの灯《あか》りに照らされ、尚子理事長の裸身が淡いオレンジ色に染まる。何やら日本の神話の世界のような幽玄な雰囲気が漂う。

「喉が渇いたでしょ」

れる。


「はい」

「飲ませてあげるわね」

尚子理事長はミネラルウォーターのボトルのキャップを開けながら近づき、自分の口に水を含むと、爪先立ちをして倫太郎の唇に唇を重ね、口移しに飲ませてきた。倫太郎の口に、冷たいミネラルウォーターと生ぬるい唾液が混じり合いながら注ぎ込まれる。

尚子理事長は水を飲ませ終えても、倫太郎の背中に腕を回し、しばらく唇を離そうとしなかった。

「こんなに甘くておいしいミネラルウォーターを飲むのは初めてです」

倫太郎も完全勃起したペニスを尚子理事長の下腹に押しつけるように、豊かな尻山に手を回して抱きしめる。

「林先生ったら、たかがお水ぐらいで、大袈裟ね」

尚子理事長は下腹に押しつけられた特大マツタケの感触を確かめるように、腰を小さくグラインドさせる。倫太郎は、新たな要求をするチャンスだと判断した。

「水のほかに飲ませてほしいものがあるんですけど……」

倫太郎がまたよからぬことを考えていると察知した尚子理事長は、顔をわずかに曇らせたが、好奇心が勝ったようだ。

「な、何なの、飲みたい物って……」

「理事長の牝潮です」

「わ、私の牝潮？　さっき噴いたお潮を……飲みたいの？」

「膣穴には指一本、舌先一センチも入れたりしません。理事長のクリトリスを舐めるだけですから、お願いです」

「でも……」

「さっき『クリトリスを舐めちゃ駄目っ！』て言ってたのは『クリトリスを舐めてほしい』という意味でしょ？　アナルセックスが浮気にならないんだったら、クリ舐めだって浮気にはなりませんよね？」

「本当にお口で気持ちよくしてくれるの？」

「ええ、そうです。いいですよね？」

こんな風に強引に決断を迫られたことがない尚子理事長は、倫太郎の言葉に一理あるかどうかをよく考える前に、つい首を縦に振ってしまう。

「やったっ！　理事長のアナルだけじゃなくて、クリトリスまで味わえるなんて、夢のようです」

「そのクリ舐めを、どこでするつもりなの？」

「そうですね。ベッドの上でさっきみたいに盛大にお潮を噴かれると後始末が大変だから……そうだ、内風呂はないんですか？」

「あるわ。こっちよ」

尚子理事長は和室と洋室の間にあるドアを開け、自ら積極的に倫太郎の手を取って中に引き入れる。

「露天風呂ではなくて、こっちのお風呂に入っていたら、林先生とアナルセックスなんてしていなかったわ。そうしたら、絶頂やお潮も知らずにいたし、クリトリスを舐められることもないのよね。人生って紙一重で、わからないものだわ」

その口調と倫太郎を見上げる眼差しから、それは後悔の言葉ではなく、クリ舐めへの期待に胸を高鳴らせているのがわかる。

内風呂には三畳ほどの広さの脱衣場があり、正面の折り戸の奥に浴室がある。洗い場はやはり三畳ほどで、湯船は大人四、五人がゆったりと漬かることができる大きさだ。浴室は湯船も床も壁も総檜造りだ。高窓から青白い月の光が落ちているが、倫太郎はあえてシーリングライトのスイッチを「全灯」にして浴室を昼間のように明るくした。尚子理事長の生殖器官と排泄器官を細部まで観察し、目に焼きつけておこうという魂胆だ。

「こ、こんなに明るくしなくても……私、クリトリスを舐められるのはもちろん、見られるもの初めてだから……恥ずかしいわっ！」

尚子理事長には驚かされることばかりだ。

「ええっ！　フェラチオはしても、クンニはされたことがないんですか？」

「だって、主人は潔癖症だから女のアソコを舐めようなんて思わないし、私から頼むのも……恥ずかしくてできないわ」

「アナルセックスが初めてなのはある意味当然としても、イッたことも潮を噴いたこともなくて、クンニされるのも初めてだなんて……」

「ご、ごめんなさい、林先生」

尚子理事長は非難されていると思ったらしい。いつの間にか二人の立場が逆転している。

「謝ることはありません。僕は感激してるんです。憧れの理事長の初めてをこんなにいっぱいもらえるなんて……」

倫太郎は脱衣場からバスタオルを二、三枚持ってきて、洗い場の床に重ねて敷く。

「ここに寝てください。オッパイとアソコを隠しちゃ駄目ですよ」

ペニスを完全勃起させた男の足元に、全裸で無防備に横たわることに一瞬の躊躇《ちゅうちょ》を見せた尚子理事長だったが、初めてのクリトリスへのクンニと二度目のアナル絶頂への欲求が勝った。

尚子理事長は床に敷かれたバスタオルの上に身を横たえると、両腕を脇にピタリとくっつけ、両脚をまっすぐに伸ばす。「気をつけ」のかたちだ。

「理事長、そんなに固まったままでは、クンニできませんよ」

「ど、どうすればいいの？」

「まずは腕を頭の上で伸ばして、バンザイをしてください」

尚子理事長は倫太郎の言葉におずおずと従い、毛穴一つ見えないスベスベの腋窩を倫太郎の目に晒《さら》す。

「次は、両脚を大きく開いて、膝を立ててださい」

今度も言われたとおりにすると、尚子理事長のムッチリとした太ももと引き締まったふくらはぎが、完璧なM字を描いた。純白のM字の中心部だけが褐色に色づいている。やはり尻穴から会陰にかけてだけではなく、小陰唇や大陰唇も色素沈着が進んでいる。

尚子理事長は、両腕でバンザイをしてM字開脚する恥ずかしさから、倫太郎を見ることができず、目を閉じて顔をそむけている。倫太郎は尚子理事長の足元に立ち、勃起ペニスを脈動させながら見下ろしている。

女のすべてをさらけ出した無防備な姿勢、諦めきったような表情は、やはり征服者に凌辱されるのを待つ敗国の王妃そのままで、まさに被虐の美の極致だ。

「り、理事長っ、なんてきれいなんだっ！　理事長がこんなにきれいで……こんなにエロい身体を持っていたなんて、か、感激ですっ！」

「そんなことを言われても、は、恥ずかしいだけだわっ！　それよりも……は、早くお願いよ」

倫太郎は感激と感動のあまり、これから自分がするべきことを一瞬忘れてしまっていた。

「そ、そうでした。クリ舐めですね」

倫太郎はM字開脚の正面にひざまずくと、およそ九十度の角度で開かれている太ももの内側に両手を当て、両の太ももが一直線になるまでさらに開いた。

「い、嫌っ！　言われたとおりにしてるのにっ！　そんなに広げるなんて、ひ、ひどいわっ！」

よく見ると、屹立《きつりつ》したクリトリスが、陰核包皮の間から先端を覗かせている。

「理事長、そんなこと言っても、クリトリスは早く舐めてほしいって頭を出している し、オマ×コもうれしそうにうれしそうにマン汁を流してますよ」

「オ、オマ×コとかマン汁なんて下品よっ！　そんな言い方はよしてっ！」

「わかりました。理事長の命令とあれば、従うしかありません。では、理事長のクリトリスをいただきます」

倫太郎は尚子理事長の無毛の恥丘を指先でなぞり、陰核包皮を両手の指で押し下げる。根まで剝き出しにされたクリトリスは鮮やかな朱色を帯び、大きさも形も熟した茱萸《ぐみ》の実にそっくりだ。

「はうっ！　そ、そんな乱暴なっ！　いったい何をしたの？」

「ええっ？『クリトリスを舐めて』と言っていたくせに、クリトリスを剝いたことがないんですか？」

「な、ないわよ、そんなこと。そもそも剝けるなんて知らないものっ！」

倫太郎が驚いて尚子理事長のクリトリスをつぶさに観察すると、朱色の茱萸の実の根元を、白い酒粕《さけかす》のような付着物が覆っている。

「どうりで、クリトリスの根元にチンカスがビッシリと着いていますよ。いや、クリトリスのカスだから、クリカスですね」

「チンカスとかクリカスとか……何を言っているのかわからないわっ！」

「じゃあ、百聞は一見にしかずと言いますから、ご自分の目で確かめられたらいかがですか。理事長、お手を」

尚子理事長が差し出した手を引いて上体を起こしてやると、倫太郎は改めて陰核包皮を押し下げ、クリトリスを根まで剝き出しにする。

「まあ、本当だわっ！　何なの、これって？」

「クリトリスの垢《あか》のようなものです。私も、まだチ×ポの皮が剝けきっていないときは、亀頭のエラの回りに着いていました。だから、しょっちゅう皮を剝いて洗ったものですよ。不潔にしたままだと病気になる恐れもあります」

「びょ、病気に？　大変だわっ！」

三十五歳の人妻で、熟れた肉体を持っているのに、膣穴以外はほとんど処女同然だ。驚くと同時に、これが深窓の令嬢というものかと感動した。

「大丈夫です。私が、理事長のクリカスをきれいに舐め取ってさしあげます」

「ク、クリカスを舐め取る？　でも、クリカスって不潔なんでしょ？」

「理事長のクリカスなら、喜んで舐めて、吸い取ります」

「いいのかしら？　そんなことまで林先生に頼んでも」

尚子理事長が嫌がっていないと察した倫太郎は無言で、根までズル剝けになったクリトリスに顔を近づける。すると、三十五年間の長きにわたって蓄積されたクリカスは、鼻粘膜を刺すような発酵臭を放っており、思わずむせそうになった。

倫太郎は、尚子理事長の夫がクンニをしないのは、潔癖症だからではなく、この臭《にお》いに原因があるのではないかと思うほど強烈な異臭だ。

「林先生、どうかなさったの？」

尚子理事長は暗に催促している。ここで引き下がったら、倫太郎の男がすたるし、尚子理事長も女としての自信を失ってしまうだろう。倫太郎は目をつぶってクリトリスに口づけすると、大量の唾液でクリカスを湿らせ、舌先でほぐそうとした。

すると、毒が入った壺の蓋を開けたかのように、倫太郎の口腔に強烈な酸味とすえたような臭みが広がった。味も匂いも強いて言えば、以前に土産にもらって食べたことがある滋賀県の郷土料理の鮒寿司《ふなずし》に似ている。

倫太郎は、毒を喰《く》らわば皿までの心境で、クリトリスの根元を甘嚙《あまが》みした。

「おおおおっ！　ク、クリトリスを嚙み切るつもりなのっ？」

倫太郎は尚子理事長の質問を無視し、そのまま先端に向かって歯列を引き上げ、クリカスを削り取っていく。

「あううぅんっ！　クリトリスがヒリヒリして……い、痛いのに、はうんっ、気持ちいいっ！　気持ち……よ、よすぎるわっ！」

舌先ではこそげ落とすことができなかったクリカスがポロポロとはがれ落ち、倫太郎は口の中に溜まった。

倫太郎はそれを吐き出すことはせずに、目を白黒させながら呑み込んだ。そして、舌先でクリトリスの根元をきれいに掃き清め、最後にクリトリスにスッポリと唇をかぶせて強く吸引し、約束どおりクリカスの残滓《ざんし》をすべて吸い取った。

倫太郎が尚子理事長の陰核包皮から顔を上げると、根元から先端までいちだんと鮮やかな朱色に染まったクリトリスが、最初に剝き出したときの二倍近い大きさで屹立し、シーリングライトを浴びてツヤツヤと光り輝いていた。

「理事長、ご覧になってください。とってもきれいになりましたよ」

目を閉じて痛気持ちいい快感に浸っていた尚子理事長が目を開けて、改めて自分の股間を覗き込む。

「た、確かにきれいになってるわ。林先生、ありがとうございました。でも、さっきよりもずいぶんと大きくなったみたいだわ」

「これが、理事長のクリトリスの本来の姿なんです。こんなに大きなクリトリスを見たのは初めてです。本当はすごくエッチな身体を持っているのに、ご主人がちっとも満足させてくれないとは……理事長がかわいそうです」

「かわいそう？　私が……かわいそう？」

「ええ、そう思います」

尚子理事長の目から突然、大粒の涙があふれだした。

「ど、どうしたんですか？　失礼なことを言ったのなら謝ります。すみません」

「違うの。うれしいのよ。今まで誰も、私のことをかわいそうなんて言ってくれたことはなかったわ」

それは、そうだろう。若くして名門学園の理事長となり、優秀な事務長である真面目な夫があり、しかも、女優と見紛《みまが》う美貌と男の劣情をそそる媚肉を持つ、そんな女性を「かわいそう」と思う者は、まずいないだろう。

倫太郎はM字開脚したままの尚子理事長の両膝の裏に両手を当て、グイッと持ち上げる。尚子理事長の陰裂は天井を向き、両足のつま先が尚子理事長の顔の横の床についた。いわゆるマングリ返しだ。

倫太郎の歯と舌で磨き上げられ、硬くシコって根までズル剝けになった大ぶりのクリトリスは、シリーングライトの照明を浴びて光り輝いている。

「さっきのつづきをしますよ。今度はクリ舐めでイッてください」

下から倫太郎を見上げる目がそっと閉じられた。「いいわ」という合図だ。

それを見た倫太郎は、ピカピカのクリトリスに唇をかぶせて強く吸引し、舌先を回転させながら根元から先端へ螺旋《らせん》状に舐め上げ、舐め下ろす。尚子理事長は眉をハの字に曲げ、目は半眼に開き、荒い呼吸をするたびに白い前歯とピンク色の舌が覗く。いつもは近寄り難いほどの高貴な美貌が、快感に歪んでいる。その美しさに、倫太郎はエロスの極致を見た。

「あああああんっ！　林先生、す、すごいわっ！　なんて気持ちいいのっ！」

倫太郎は舌が痺れてくるまで舐めつづけると、尚子理事長の喘ぎ声が最高潮に達し、絶頂が近いことを告げた。

倫太郎は上から尚子理事長の目を見つめながら、強烈な吸引とクリ舐めに加えて再び根元を甘嚙みする。その瞬間、尚子理事長の目がカッと見開かれた。

「はおおおんっ！　イクッ！　尚子、イクッ！　イクッ！　イクゥゥゥゥッ！」

尚子理事長は大絶叫をあげながら、マングリ返しの体勢から両脚をピンと伸ばして持ち上げる。尚子理事長は尻山を倫太郎の肩に支えられ、身体を一直線に伸ばして逆立ちしたのだ。倫太郎が驚いてクリトリスから唇を外した次の瞬間、倫太郎の顔を目がけて膣穴から牝潮が噴き上がった。

「また、お、お潮が止まらないわっ！　林先生、よけてっ！」

倫太郎はよけるどころか、逆に口を大きく開いて噴出する牝潮をゴクゴクと飲んでいる。やがて牝潮の噴射が収まると、二人は並んで床に横たわった。

「林先生の顔、私のお潮でビシャビシャだわ。よけてって言ったのに……」

尚子理事長は自らの牝潮にまみれた倫太郎の顔をペロペロと舐め、清めていく。

「私のお潮、とっても生臭い味と臭いだわ。こんなものをゴクゴクと飲んじゃうなんて、林先生、変態よ」

「生臭いのは生臭いけど、理事長のお潮だから、とってもおいしかった。理事長のお潮まで飲ませてもらって、とっても幸せです」

「うふっ、林先生、やっぱり変態だわ」

倫太郎の右脇に横になった尚子理事長は、右脚を倫太郎の右脚に絡ませ、右手で倫太郎のペニスを握ってきた。

「まあっ！　ずっと勃起し放しだったの？」

「そうですよ。憧れの理事長のクリトリスを舐めている間に萎《しぼ》んでしまうなんてありえませんよ」

「林先生、たくましくて、素敵っ！」

「理事長、そろそろ……いいですか？」

「いいわ。この特大マツタケをもう一度、尚子のお尻の穴にいただけるのね」

さっきは尚子理事長を露天風呂の縁につかまらせ、膝立ちバックで尻穴を犯したため、アナル絶頂するイキ顔を見ることができなかった。クリトリスへのクンニであれだけ美しくてエロいイキ顔を見せたのだから、アナル絶頂の際はそれ以上にエロいイキ顔を見せてくれるはずだ。

倫太郎が浴室を見回すと、入口の脇の壁に幅一メートル、高さ二メートルほどの鏡が設置されていた。これなら立ちバックで尻穴を責めながら、美しい女上司のイキ顔を鑑賞することができる。

「理事長、立ち上がって、鏡に両手を突いてください」

「立ったままアナルセックスを？」

「ええ、そうです。立ちバックはアナルセックスのためにあるような体位です。それに、理事長も鏡に映る自分のエッチなイキ顔を眺められますよ」

「エッチなイキ顔ですって？　嫌だわっ！」

尚子理事長は言葉とは裏腹に、いそいそと立ち上がり、鏡に両手を突く。明るい照明の下で見る尚子理事長の後ろ姿は、思わず息を呑むほど美しかった。

染み一つない純白の背中は、ウエストで大きくくびれたあと、究極の曲線美を見せながら張り出しの見事な腰につづく。尻山は肉づきよく盛り上がり、狭間に深い谷間を形成する。まるで景徳鎮《けいとくちん》の白磁の壺のようだ。尻山と太ももの境目には一本の肉の横線が刻まれており、肉体の成熟度の高さを物語る。

「理事長、上半身を前傾させて、お尻をこっちに突き出してください」

「こうかしら？」

尚子理事長は言われたとおり、倫太郎に向かって尻を突き出し、言われもしないのに両足を肩幅以上に開いた。倫太郎は棚にあるボディローションのボトルを手に、聖なる塑像にぬかずくように尚子理事長の尻を前にひざまずき、黒光りする肛門の窄まりにローションを塗り込んでいく。

すでに絶頂を知っている肛門の窄まりは、倫太郎の指をペニスと勘違いしたのか、おちょぼ口を懸命に蠢《うごめ》かせ、呑み込もうとしている。

「あああんっ！　気持ちいいわっ！　尚子のお尻の穴、林先生のせいですっかり変態になってしまったわ」

「じゃあ、僕も理事長の尻穴を変態にしてしまった責任を取って、もう一度アナル絶頂させてあげます」

倫太郎が傘の開いた亀頭を窄まりに押しつけると、無数に刻まれた緻密なシワがざわめき、窄まりの中心部が口を開く。

ズルリッ！

倫太郎がわずかばかり体重をのせただけで、亀頭は呆気《あっけ》ないほど簡単に窄まりに呑み込まれてしまった。

「理事長の尻穴、もう完全に第二のオマ×コになってますね」

倫太郎はさしたる抵抗も受けないまま腰を押し出し、下腹を尚子理事長の尻山に密着させた。尚子理事長の肛門括約筋はキュッ、キュッと心地よい強さで倫太郎の特大マツタケの根元を締めつけ、直腸粘膜は開ききった亀頭のエラの裏側まで一分の隙もなくまとわりついている。

「ああ、理事長の尻穴が僕のペニスをまったりともてなしてくれています。なんて気持ちいいんだ。天国にいるようで、腰がとろけそうです」

倫太郎の油断しきった声を聞いた尚子理事長が、鏡に映る倫太郎の目を見つめながら、ニッコリと笑う。

「林先生、もっと気持ちよくしてあげましょうか？」

「ええっ？　そんなことできるんですか？」

倫太郎はそのとき、鏡の中の尚子理事長の目に、淫蕩な鈍い光が宿るのを見た。そして、次の瞬間だった。尚子理事長が腰をグルリとグラインドさせたと思ったら、第二の性器と化した排泄器官が倫太郎の勃起ペニスに牙を剝いて襲いかかってきた。

肛門括約筋は万力のように勃起ペニスの根元をギリギリと締めつけ、直腸粘膜は肉茎と亀頭を絞り上げながら、激しく波打って奥へ奥へと引きずり込もうとする。

「おおおおおっ！　り、理事長の尻穴が、ぼ、僕のチ×ポをちょん切って食べてしまおうとしているっ！」

「どう？　私のアナル、気持ちいい？」

尚子理事長の尻穴は、アナル絶頂を迎えたときの肛門括約筋と直腸粘膜の動きを再現しているのだ。しかも、尚子理事長は腰を前後に振って肛門括約筋で倫太郎の肉茎をシゴき、大きくグラインドさせて直腸粘膜で亀頭をすり潰そうとする。

尚子理事長本人も理事長のアナルも、抜群の学習能力を備えた高性能のセックスマシンそのものだ。倫太郎を凄《すさ》まじい快感で翻弄しているだけではない。自分自身も倫太郎の勃起ペニスから強い快感を貪っているのだ。

倫太郎が苦しまぎれに鏡を見ると、思惑《おもわく》どおりに尚子理事長の今にもイキそうなエ口顔を見ることができたが、ただでさえイケメンとはほど遠い倫太郎自身の顔が醜く歪んでいるのも見えてしまった。醜女《しこめ》の顰《ひそ》みとはよく言ったものだ。倫太郎が改めて尚子理事長の美しいエロ顔に意識を集中させると、倫太郎の下腹部で快感の塊が突然のように爆発した。

「り、理事長っ！　も、もう駄目ですっ！　出るっ！　理事長の尻穴に出るっ！」

だが、倫太郎はイッているのに、射精できないでいる。倫太郎の下腹の奥で快感の塊が爆発し、熱いマグマが尿道を駆け登ろうとしたが、途中で堰き止められて射精ができない。尚子理事長の肛門括約筋のきつい締めつけにより、勃起ペニスの根元で尿道が塞がれているのだ。

「り、理事長の尻穴の締めつけがきつすぎて……イッてるのに射精できないっ！」

倫太郎の泣き言を聞いた尚子理事長は、自らもアナル絶頂の最中にあるにもかかわらず、肛門括約筋をわずかにゆるめてやる。すると、倫太郎の鈴口から精液がドピュッとしぶいたものの、また括約筋の締めつけでに堰《せ》き止められてしまう。肛門括約筋の弛緩《しかん》と射精を繰り返すこと五回、倫太郎はようやく精液の最後の一滴までしぶかせることができた。

「じゃあ、今度は私がイカせてもらうわよっ！」

尚子理事長は豊満な尻山を前後左右、右回転、左回転と縦横無尽に振り動かした。括約筋の締めつけにより、ペニスの海綿体に流入した血液が引くに引けず、勃起したままのペニスが、荒海に揉《も》まれる小舟のように翻弄させる。

倫太郎はその未知の快感に耐えきれず、人生で初めて精液とは明らかに異なる牡潮を噴いた。射精よりも激しい牡潮の噴射で直腸の奥深くを刺激された尚子理事長も、腰が吹き飛ばされるような快感に襲われ、乳房を押し潰さんばかりに上体を鏡に押しつけると、天井に向かって手負いの獣のような咆哮を放つ。

「しょ、尚子も……イクわっ！　イクッ！　イクッ！　イクゥゥゥゥッ！」

次の瞬間、倫太郎の牡潮噴射を直腸の奥に受けながら、尚子理事長も牝潮を噴射させる。そして、ほとんど同時に長いイキ潮噴射を終えると、二人とも洗い場の床に大の字に伸びてしまった。

「たった一回や二回のアナルセックスで、理事長がこれほどまでに高性能アナルとすごいテクニックを獲得するとは……こんなに苦しくて気持ちのいい射精も、男のイキ潮を噴いたのも初めてです」

「私の方こそ、林先生のその特大マツタケのおかげで、世の中には凄まじい快感があると知ることができたわ。林先生、これからもよろしくね」

倫太郎はそのあと、特別室専用露天風呂から男湯の露天風呂に移り、脱衣所に脱いでおいた浴衣を着て、自分に割り当てられた部屋に戻った。そして、ペニスの根元をズキズキと疼かせながら深い眠りに落ちた。

その熱海の夜以来およそ一年にわたり、尚子理事長と倫太郎は三日に上げず理事長室で密会してはフェラチオやクリトリス舐めに興じ、アナルセックスで快感を貪り合っている。

こうして慢性的な欲求不満から解放された尚子理事長は美貌に磨きがかかると同時に、もともとムチムチだった肉体の熟成がいっそう進み、淫臭とフェロモンの放出に歯止めがなくなった。おかげで、アイドル歌手やＡＶ女優を差し置いて、生徒や独身男性教師たちのオナペット・ナンバーワンの地位を不動のものとしている。

おまけに、肉体的にも精神的にも満たされた尚子理事長は、以前にも増して生徒や教職員に細やかな気配りをするようになり、学園の雰囲気も格段によくなった。

尚子理事長はその自らの経験から、男子生徒が非行や怠学などの問題を解決するには、母親の肉体を性的に満足させる必要があるとの結論に達した。そして、問題生徒の母親を倫太郎の特大マツタケで〝アナル指導〟し、生徒を非行や怠学から救い出そうと思いついたのだ。倫太郎は、これもまたずいぶんと飛躍した論理だとは思いながらも、学園の最高権力者公認で、美熟女ぞろいの、生徒の母親たちとアナルセックスができるという下心を優先させた。

こうして瑞星学園初の、いや、日本の学校教育史上初の、いや、世界中でも前例を見ないほど荒唐無稽な試み——『ミッション〝珍〟ポッシブル』がスタートしたのだった。

第二章　社長夫人の不倫のお仕置き

横浜の名門男子校「瑞星学園」の美貌の理事長、草柳尚子からデカマラで精力絶倫の国語教師、林倫太郎に下された『ミッション〝珍〟ポッシブル』第一号は、倫太郎が担任する高等部三年C組の生徒、高田正昭の母親、真知子への〝アナル指導〟だ。

真知子は半年ほど前から会員制フィットネスクラブのインストラクターと不倫をして家族への愛情が薄れ、そのため息子の学業に悪影響が出ているというのが、尚子理事長の見立てだ。事実、二年生のときは常に学年で五番以内に入って東大合格ラインを軽くクリアしていたが、先日行われた三年一学期の期末テストでは三十番台にまで落ちた。

この四月から正昭の担任をしている倫太郎は、ゴールデンウィーク明けの三者面談の席で、母親の真知子夫人と初めて合っていた。現在三十七歳の真知子夫人は、実年齢よりも十歳近く若く見えるコケティッシュな美貌の持ち主だが、肉体は年齢相応以上に熟れているという印象だった。

横浜市内に本社を置く建築会社の社長を夫に持つ真知子夫人はその日、熟れた媚肉を外国の高級ブランドのパールホワイトのスカートスーツに包んでいた。息子の正昭と並んで倫太郎の正面の椅子に座ると、タイトなスカートの裾が豊かな尻肉に引っ張られ、ムッチリとした太もものつけ根近くまでずり上がった。スカートの裾と両の太ももが作る三角地帯の奥まで初夏の陽光が射《さ》し込み、透明で極薄のパンティストッキング越しに、目にも鮮やかなパッションオレンジのパンティの股布がクッキリと見える。倫太郎は同時に、そこはかとない淫臭が教室に漂っているのを嗅ぎ取った。

尚子理事長から直々にミッションを言い渡された倫太郎は、理事長公認で美しい母親とアナルセックスができると思うと、その場でスマートフォンを取り出して高田家に電話をした。倫太郎は担任する生徒に自宅から自分のスマホに電話をかけさせ、その番号を登録していた。

幸い、真知子夫人はすぐに電話に出て、翌日の午後一時に家庭訪問することを承諾した。正昭も弟も夏休み初日から予備校の夏期講習に通い、夕方まで帰宅しないとのことだった。

翌日は午前中から気温三十度を超える真夏日となり、倫太郎は今、汗だくになりながら、高田家につづくなだらかな坂道を登っている。そして、三者面談の際の真知子の太ももとパッションオレンジのパンティを思い出し、ペニスを半勃起させている。噴き出す汗で半袖ワイシャツが背中に貼りつく不快感がなければ、完全勃起していただろう。

何しろ、三者面談後の数日間、昼間に草柳尚子理事長とのアナルセックスで射精しても、夜になると真知子夫人の太ももとパンティが目に浮かび、生徒の母親に対して不謹慎だと思いながらも、オナニーをせずにはいられなかった。実は、昨夜も真知子の姿態を思い出して一発抜いたのだった。

半勃起ペニスのせいで歩きにくかったが、門構えも立派な高田家に着いたのは、約束の午後一時の二十分前だった。炎天下に坂道を登ってきたせいで大量の汗をかき、熱中病寸前だった倫太郎は、失礼を承知で門の脇のインターホンを鳴らす。

「はい、どなた様で？」

妙に艶《なま》めかしくハスキーな声が返ってきた。

「瑞星学園の林です。少し早く着いてしまいましたが、構わないでしょうか？」

少し間があったあと、「中へどうぞ」という声が聞こえ、門扉が自動で開いた。十メートルほどの石張りのアプローチを歩いて玄関に達すると、今度はチャイムを押す前にドアが開き、真知子夫人が出迎えてくれた。

「暑い中をよくおいでくださいました。さあ、どうぞお入りください」

明らかに作り笑いとわかる笑顔を見せる真知子夫人の声は、インターホンで聞いたときよりも艶めかしさが薄れ、音程も通常に戻っている。

その真知子夫人の出《い》で立ちは、真っ昼間に息子の担任教師と面談するに相応しいとは言えないものだった。夫人は艶やかな黒髪をキリリと結い上げ、くるぶしまであるコバルトブルーのロングドレスを着ていた。ブラジャーと一体化したブラトップタイプで、胸のカップは細い肩紐《かたひも》で吊《つ》されている。その生地は、艶やかでしっとりした光沢からして、無粋な倫太郎にも高級シルクだろうと察しがついた。

倫太郎がまず目を奪われたのが、たわわさを露《あらわ》にしている乳房だ。おそらくブラカップが適正サイズよりも小さいドレスを選んだのだろう。もともとDカップはありそうな乳房が無理に寄せて上げられているため、わずかな動作でも乳房全体が揺れ、柔肉が波打つ。辛うじて乳首と乳輪は覆われているが、軽くジャンプしただけで、両の巨乳がブルンとこぼれ出てしまうに違いない。高級シルクの布地は、くびれたウエストからバンと張り出した腰へとつづく身体のラインばかりか、やや脂肪の浮いた下腹やこんもりと盛り上がった恥丘までも忠実に浮かび上がらせる。

「どうぞ、こちらへ」

倫太郎は靴をスリッパに履き替え、真知子夫人のあとについて長い廊下を歩いていく間、真知子夫人の後ろ姿から目が話せなかった。両側の壁には額縁入りの絵画が飾られているが、倫太郎は目もくれない。

張り出しの見事な腰をしゃなりしゃなりと左右に振りながら歩く真知子夫人の後ろ姿には、脇から背中にかけて布地がまったくない。両肩や無毛の腋窩はもちろん、黒髪をキリリと結い上げたうなじから肩胛骨《けんこうこつ》、染み一つない背中を経て、肉づきのいい尻山の半ばまで、完全に剝き出しになっている。襟足にわずかな乱れがあり、数本の後れ毛が純白の背中に垂れている。それが妙に艶めかしく感じられた。

尻山は半ばまで剝き出しになっているにもかかわらず、パンティもガーターベルトも見えず、尻山の下半分にピタリと貼りついた薄布にも下着のラインはいっさい浮いていない。真知子夫人は真っ昼間、まともなブラジャーも着けず、ノーパンに生脚で息子の担任教師を迎えているのだ。

その事実に気づいた倫太郎は、一歩を進むごとにペニスの海綿体にドクッ、ドクッと血液を流入させ、リビングルームにたどり着いたときには、すでに完全勃起を果たしていた。

三十畳はある吹き抜けのリビングルームは、高い樹木に囲まれた芝生の庭に面しており、南側に大きく開かれたサッシ窓の外に広がるウッドデッキの先では、プールに湛《たた》えられた水が真夏の陽射《ひざ》しを反射している。吹き抜けの壁の上部にある高窓から降り注ぐ陽射しとプールからの反射光の相乗効果で、リビングルームはまるで屋外のように明るい。

その中にあって、エロすぎる真知子夫人の服装は明らかに場違いだが、むろん、倫太郎に不満も文句もない。ゴージャスな眼福を満喫すると同時に、三者面談の際に教室で嗅ぎ取ったのと同じ淫臭が漂っているのに気づいた。

リビングルームの淡いクリーム色のフローリングの床の中央に、白い革張りのソファとガラステーブルからなる応接セットが置かれている。四、五人がゆったりと座ることができる特大ソファに倫太郎を座らせ、真知子夫人はテーブルを挟んで向かい側にある一人掛けソファに腰を下ろした。テーブルの上に用意されている陶器製の花柄のポットからそろいのカップに紅茶を注ぎながら、真知子夫人が服装の言い訳をする。

倫太郎が露出した肌をあまりにまじまじと見つめるため、咎《とが》めていると勘違いしたらしい。

「主人の会社が手掛けたビルが完成し、今夜はその竣工《しゅんこう》記念パーティーがありますのよ。それで、こんな格好で失礼させていただいております」

倫太郎はその言葉をうわの空で聞いている。真知子夫人は紅茶を注いだカップを倫太郎の前に置くために前屈《まえかが》みになっており、真知子夫人の乳房の重みでV字に割れたドレスの胸元が押し開かれ、色素沈着の進んだ乳輪が顔を覗かせているのだ。

さすがは建築会社の社長宅だけあって隅々までエアコンが心地よく効いているため、汗は引いて熱中病の兆候も消えたが、今度は担任する生徒の美しい母親のエロい姿にクラクラしそうだった。

「私はいっこうに気にしていませんので、ご心配なく」

「ありがとうございます。紅茶をどうぞ」

「はっ、ありがとうございます」

完全勃起したペニスが夏物のグレーのスラックスの股間を突き上げているのを隠そうともせず、勧められるままに紅茶を一口飲んで、本題を切り出した。

「きょうお伺いしたのは、ほかでもない、正昭君の成績のことです。二年生のときはつねに五位以内に入っていたのに、先日の期末テストでは三十位にも入れませんでした。お母さんは、その原因について心当たりはございませんか？」

「いいえ、いっこうに……私も心配して正昭に尋ねましたが、何も言いませんのよ。林先生の方でお心当たりがあれば、教えてほしいぐらいです」

母親の顔になって心配する真知子夫人に、倫太郎はいきなりズバリと切り込んだ。

「我々の調査では、その原因はお母さんにあるとの結論に達しました」

「我々の調査？　原因が……私に？　いったいどんな調査をなさったの？」

実際には調査などしておらず、真知子夫人の不倫はたまたま尚子理事長が見聞きして知ったに過ぎないが、倫太郎はそんなことはおくびにも出さず平然と答える。

「それは、いわゆる企業秘密ですので申し上げられません」

学園に多額の寄付をしてきた父兄に対して、木で鼻をくくったような返答をする倫太郎に、真知子夫人は食ってかかった。

「では、私にどんな問題があって正昭の成績が落ちたとおっしゃるの？　これは企業秘密ではありませんわねっ！」

真知子夫人は怒りに身を震わせ、高級シルクドレスのブラトップに寄せて上げられたたわわな乳房が激しく波打つ。窮屈なブラトップから今にも飛び出してきそうな乳房を眺めていると、すでに完全勃起しているペニスの海綿体に、さらに血液が流入しようとしてズキズキと痛いほどだ。その心地よい痛みを楽しみながら、倫太郎はじわじわと真知子夫人を追い詰めていく。

「正昭君の勉学意欲をなくさせるようなご自分の行いに、本当にお心当たりはないのですか？」

フィットネスクラブのインストラクターとの不倫が脳裏をよぎったのか、強気だった真知子夫人が一瞬、ひるんだような表情を見せた。

「こ、心当たりなんて……あ、あるわけがないわっ！」

「そうですか。私としては、お母さんが自主的に打ち明けられて、反省してくださることを期待していたのですが……」

「な、何よ、そのもったいぶった言い方はっ！　知っているのなら、早く言えばいいじゃないのっ！」

真知子夫人は逆上する寸前だ。これ以上怒らせるのは得策ではないと判断した倫太郎は切り札を切り、噛んで含めるようにゆっくりと告げる。

「それは……ハッキリ言って……お母さんの……不倫にあります」

真知子夫人の目がカッと見開かれ、手にしていたティーカップを危く床に落しそうになった。

「な、なんですってっ！　私が不倫してるっておっしゃるの？」

「そのとおりです。お母さんは、半年前から通っておられるフィットネスクラブのインストラクターと、最近しばしば密会されています。違いますか？」

真知子夫人の顔色がさっと青ざめ、ティーカップを持つ手が震えている。真知子夫人の視線は宙をさまよい、あくまでも白を切り通すか、それとも観念するしかないのか、迷いに迷っているのは明らかだ。

と、そのとき、真知子夫人は正面に座る倫太郎のスラックスの異変にようやく気づいた。ファスナーの部分が内側から大きく突き上げられ、何か小動物でも隠しているように盛り上がっているのだ。実際、ときおりピクピクと動いている。倫太郎の股間から目が離せなくなった真知子夫人は、抵抗する気力を失い、催眠術にでもかかったように力なく話し始めた。

「私が不倫したからって、正昭に知られたわけじゃないし……今までどおり、正昭の世話はきちんとしてますわ」

倫太郎はもったいぶった口調で、草柳尚子理事長の持論を持ち出す。

「草柳理事長によれば、子供は母親が思っている以上に、母親の愛情の変化に敏感です。特に男子は。それで、母親の愛情が家族と自分以外の誰かに向けられると、それを察知して、その結果、精神状態が不安定になって勉学に打ち込めなくなったり、ひどい場合は非行に走ったりするのです」

真知子夫人は不倫を認めたことで逆に落ち着きを取り戻りし、倫太郎の股間をじっと見つめたまま話に耳を傾けている。

「た、確かに……そうかもしれません。もともと正昭はちょっと神経質なところがありましたから」

「失礼なことを聞きますが、正昭君のためだと思って、正直に答えてください」

「いいですわ。なんでも聞いてください」

真知子夫人が身を乗り出したので、たわわな乳房が倫太郎の目の前に迫り、また勃起ペニスの海綿体に血液が過剰流入し、心地よい痛みを感じる。

「お母さんはどうして、不倫なんかなさったのですか?」

さすがに真知子夫人はためらいを見せたが、倫太郎が「正昭君のためです」と念を押すと、言葉に詰まりながらも打ち明けた。

「そ、それは……一年近く前に主人に愛人ができたようで、それ以来夜の相手をちっともしてくれなくて……悔しいうえに、身体が火照って仕方なくて……このままでは正昭にこの身体を与えて慰めてもらいかねないと思って……それで気分転換のために通い始めたフィットネスクラブで……」

「お母さんは絶対に許されない近親相姦を避けるために、例のインストラクターとつき合ってきたというわけですね」

「でも、私、決して心から不倫に溺れていたわけではありませんのよ。肉体的な快楽への渇望と、正昭にすまないという後ろめたさや罪悪感に……ずっとさいなまれてきましたの」

倫太郎は、ようやく突っ込みどころがめぐってきたと、内心でニンマリとした。

「では、お母さんに、後ろめたさや罪悪感を抱くことなしに、性的な欲求不満を解消する方法をお教えしましょうか？」

「そんなに都合のいい方法が……ほ、本当にあるんですの？」

口では疑問を呈しながら、真知子夫人は無意識のうちに何かを察知したのか、二人の鼻が触れ合うぐらいに接近し、倫太郎の鼻腔が生臭い淫臭で満たされた。おそらく濃厚なフェロモンも放出されているに違いない。

「そのインストラクターとの不倫を解消して、アナルセックスをするのです」

「ア、アナルセックスって……お尻の穴でセックスするってこと？」

「そうです」

「でも、それではセックスをする相手と穴が変わるだけで、結局、罪悪感は消えないんじゃありませんか？」

倫太郎はここでまた、「アナルセックスは本物のセックスじゃない」という草柳尚子理事長の持論を説明すると、真知子夫人は意外とあっさりと納得した。アナルセックスへの興味も湧いてきたらしく、無意識のうちに尻をモゾモゾと動かしている。

「草柳理事長がおっしゃるのなら間違いはないと思うけど……でも、どなたが私とアナルセックスをしてくださるの？」

真知子夫人が質問のかたちで、暗に倫太郎を誘っているのは明らかだ。その証拠に、シルクのドレスを通して真知子夫人の股間から立ち昇ってくる淫臭が格段にきつくなった。アナルセックスについて話しているだけで、熟れた身体の発情スイッチがオンになったのだ。

「草柳理事長は、高田君のお母さんのアナルセックスの相手をするミッションを、この私に下されました」

倫太郎が必要以上に恭しさを装って告げると、真知子夫人は今や目をらんらんと輝かせ、倫太郎の勃起ペニスで膨らんだ股間に何度も視線を走らせる。

「林先生が草柳理事長から直々に指名されるなんて、それは単に正昭の担任でいらっしゃるからかしら？」

「それもありますが、アナルセックスに関しては、私もかなりの経験を積んでおりますので……」

高校教師が、担任する生徒の母親を相手にアナルセックスの経験豊富さを自慢するのも滑稽なら、回数は多いとは言え、草柳理事長一人の尻穴しか知らないのに「かなりの経験を積んでいる」とうそぶくのも滑稽の極みというべきだろう。だが、これが真知子夫人には効果てきめんだった。

「草柳理事長が林先生をそこまで信頼され、林先生もアナルセックスに自信をお持ちなら、私、異存はありません。あのインストラクターとはきっぱりと別れます」

真知子夫人はいきなり立ち上がると、ドレスの肩紐を両肩から外した。高級シルクのドレスは真知子夫人の身体を音もなく滑り落ち、夫人の足元でただの布切れの輪となった。すると、倫太郎の目の前に、西洋名画「ヴィーナスの誕生」のように、一糸まとわぬ豊満で美しい裸身が現れた。

身長百七十五センチの倫太郎より二十センチ以上も背の低い真知子夫人だが、胸や腰回りの肉づきはよく、昭和の時代であればトランジスター・グラマーと称されたに違いない。発情すると同時に、熟れた身体のすべてを晒したいという露出願望にも火がついたようだ。

「おおおっ！　高田君のお母さんの裸、思っていたとおり、とってもきれいで……なんてエロいんだっ！」

「受け持ちの生徒の母親に向かって『エロい』とは……でも、きょうのところは林先生のほめ言葉として、ありがたく受け取っておきます」

絵画の中のヴィーナスはさりげなく右手で乳房を、左手に持った髪の毛で恥部を隠しているが、真知子夫人は隠すどころか、逆に両手を頭の後ろで組んで科《しな》を作り、自慢の熟れ肉を見せつける。

Ｄカップはある巨乳の頂点に鎮座する乳首と乳輪は、淫蕩な性癖を宿す熟れた媚肉に似ず色素沈着は少なく、鮮やかな紅色をしている。陰毛は、おそらくハイレグパンティに合わせたのだろう、鋭い楔形《くさびがた》に刈り込まれている。ソファに座る倫太郎の目とほぼ同じ高さに、楔形の翳りを除いてうぶ毛一本、毛穴一つ見えない純白の恥丘と蜜液がしたたる陰裂があり、強烈な淫臭が倫太郎を包み込んだ。

真夏の陽射しが降り注ぐ白昼の豪邸のリビングで、美貌の社長夫人が、家庭訪問にやって来た息子の担任教師の前に立ち、一糸まとわぬ裸身を隅々まで晒している。その社長夫人がエロ過ぎるドレスの下にブラジャーもパンティも身に着けていなかったのは、おそらくインストラクターと密会し、露出プレーで被虐の悦楽に浸るつもりでいたからだろう。

そう考えたとき、倫太郎の脳裏に、インターホンから聞こえてきた妙に艶めかしくハスキーな真知子夫人の声が甦《よみがえ》った。

「高田君のお母さん、こちらのソファに上がって膝を突いて、背もたれに両手を置いてください」

もはやアナル処女を倫太郎に捧げると決めた真知子夫人は、素直に倫太郎の隣に移動し、特大ソファの上で言われたとおりのポーズを取る。倫太郎は突き出された尻山の後ろに立ち、見事な張り出しと肉づきを誇る尻山を撫でながら真知子夫人に尋ねる。

「ところで、高田君のお母さん、私がインターホンを鳴らしたとき、何をなさっていたんですか？」

「え、ええ？　そ、それは……先生にお出しする紅茶の仕度をして……」

真知子夫人が最後まで話す前に、倫太郎は真知子夫人の尻山を、平手でピシャリと打った。倫太郎は一か八かの賭けに打って出たのだ。

「な、何をするんですかっ！　親にも主人にも、ぶたれたことはないのにっ！」

「高田君のお母さんが嘘《うそ》をついたからですよ」

「う、嘘だなんてっ！　な、何を根拠に？」

「あのエロい声は、オナニーをしていたに違いありません。それに、この部屋に通されたとき、お母さんの生臭いマン汁の匂いがしました」

「オナニーとか、マン汁だとか……失礼ですわっ！」

真知子夫人は口では怒りの言葉を吐きながら、尻を打たれたときのポーズを崩そうとしない。それどころか、平手打ちを誘うように、尻山を小さく振っている。倫太郎はリクエストに応え、またピシャリと一発見舞ってやった。

「はううんっ！　林先生、生徒の母親を打つなんて……それも裸のお尻を」

露出願望があるからにはマゾっ気があるに違いないとにらんだのだが、そのとおりだった。それとも草柳理事長もそうだったように、セレブ美熟女の身体の中には、等しくマゾの血が流れているものなのか。ともあれ賭けに勝った倫太郎は、真知子夫人をさらに追い詰める。

「高田君のお母さん、自分の母親が担任教師の家庭訪問を待つ間、オナニーにふけっていたと知ったら、正昭君はどう思うでしょうね？」

「そ、それだけはやめてくださいっ！　お願いします、先生っ！　それに、こんなときに……高田君のお母さんなんて呼ぶのもやめてっ！　名前で呼んでくださいっ！」

真知子夫人は、尻山を叩かれる怒りと恥ずべき行為を見抜かれた羞恥に、美しい顔を歪めて哀願する。

「オナニーをしていたと認めるんですね、真知子さん？」

「はい、み、認めます。林先生、嘘をついて申し訳ありませんでした」

倫太郎はふと、一年ほど前の出来事を思い出した。教職員の慰安旅行で訪れた熱海での夜、草柳尚子理事長は特別室の専用露天風呂で、倫太郎にクリトリスを舐められたり、アナルセックスを迫られるシーンを思い描きながら、クリトリスや尻穴に指を遣っていた。

自ら丸裸になり、ソファの上で肉づきの豊かな尻を突き出しているこの美しい熟女は、いったいどんな格好で、どんなオナニーをするのだろうか。倫太郎はぜひ見てみたいと思った。

「真知子さん、どんな風にオナニーをしていたのか……私に見せてください」

「ひっ！　そ、そんな恥ずかしいこと……堪忍してください」

真知子夫人は顔を倫太郎の方に向けて哀願するが、倫太郎はそのとき、真知子夫人の陰裂から蜜液があふれ、太ももの内側を伝い落ちるのを見逃さなかった。

「いいんですか、そんなことを言っても？　自分の母親がオナニーを我慢できない淫乱だと正昭君が知ったら……」

「わ、わかりましたわ。林先生が『どうしても』と言われるなら……」

「はい。『どうしても』です、真知子さん」

真知子夫人はもぞもぞとソファに仰向けになると、左足は床に下ろし、右脚をソファの背もたれに引っかける。ムッチリとした両の太ももが一直線に開かれ、真知子夫人の〝女〟のすべてが、倫太郎の目の前でご開帳された。

吹き抜けの窓越しに降り注ぐ陽射しを浴び、膣穴からあふれ出た蜜液に濡れ輝く真知子夫人の陰裂は、熟れた肉体に似合わず、乳首と同様に鮮やかな紅色をしていた。一度覚悟を決めたセレブ美熟女の大胆さに驚きつつ、倫太郎は日ごろは奥の院に納められている秘仏でも拝跪《はいき》するがごとくひざまずき、その美しさに魅せられた。

「そ、そんなに近くで見つめられたら……は、恥ずかしいわ、先生」

「何を言ってるんですか。オマ×コを見られるのが気持ちよくて、マン汁をドクドクとあふれさせているくせに。それに、早く始めないと、アナルセックスの最中に正昭君が帰ってきてしまいますよ」

真知子夫人は観念したように目を閉じ、左手の人差し指と薬指で陰核包皮を押し下げて、クリトリスを根まで剝き出した。それは陰裂の紅色よりもさらに鮮やかな赤珊《あかさん》瑚《ご》色をしており、まるで秘仏の中の胎内仏のようだ。中指の腹で、その胎内仏の頭を撫でるように刺激する。真知子夫人はすぐにトランス状態に陥った。

「はうううんっ！　正昭の指、気持ちいいわっ！　クリいじり、上手よっ！」

真知子夫人はなんと、実の息子の正昭にクリトリスを愛撫されるシーンをオカズにオナニーをしているのだっ！

予想だにしなかった展開に目を白黒させている倫太郎の前で、ひとしきりクリトリスを嬲《なぶ》った真知子夫人は、さらに衝撃のオカズを繰り出してきた。

「正昭、きょうは、お友達の誰を連れてきてくれたの？　同じクラスの鈴木《すずき》君ね。鈴木君、よろしくね」

鈴木はラグビー部のキャプテンで、大学日本一に毎年のように輝く強豪ラグビー部から誘いを受けている猛者《もさ》だ。真知子夫人は右手を尻の方から陰裂に回すと、中指と薬指で鶏のトサカのようにほころびでている小陰唇をかき分け、二本指を膣穴に挿入した。

「はうっ！　鈴木君は後ろから……おばさんのオマ×コを責めてくれてるのね。うれしいわっ！」

真知子夫人はイメージの中で、実の息子とその同級生に前と後ろからサンドイッチされ、クリトリスと膣穴を嬲られているのだ。さっきはご主人に構ってもらえず欲求不満になったことで、息子の正昭と関係を持ちそうになったと言っていた。しかし、もともと実の息子との近親相姦を望んでいたのだ。おまけに、息子の同級生までオカズにするとは、少年性愛癖もかなりの重症だ。

「正昭と鈴木君に前と後ろから嬲られて……ママは、オバサンは、もう駄目っ！　真知子、イクッ！　イクゥゥゥゥゥッ！」

実の息子とその同級生をオカズにしたオナニーで断末魔を迎えた真知子夫人は、片脚をソファの背もたれに、もう一方の足を床に置くという不安定な体勢で、背中を弓なりに反らせて腰を高々と突き上げた。牝潮こそ噴き上げなかったが、凄絶な絶頂と言えた。

洋服を着たままの担任教師の前で、生徒の母親が一糸まとわぬ裸身を激しく痙攣《けいれん》させ、オナニーでイキ果てたのだ。それは、真夏の陽射しが燦々《さんさん》と降り注ぐ白昼のリビングルームにおいては、なおさら異様な光景だった。

「先生に私の恥ずかしい趣味を知られてしまいましたわね。私、正昭やそのお友達に責められているところを想像すると、燃えるんです。それに、きょうは先生に見られていたので、いつもより気持ちよくイケましたわ」

ソファの上でオナニー絶頂の余韻にうっとりと浸る真知子夫人を見下ろし、倫太郎は近親相姦願望と少年性愛癖を併せ持つ真知子夫人には〝アナル指導〟だけでは足りないと考えていた。〝アナル指導〟をしてインストラクターと別れさせたら、次には泥沼の近親相姦と少年性愛にふけることになりかねない。

そんな淫乱夫人には〝アナル指導〟のほかに〝アナル仕置き〟も必要だ。アナルセックスで足腰が立たなくなるまで快感責めのお仕置きをして、息子やその友達への興味を失わせなくてはならない。そう決意した倫太郎は、ソファで身悶えする真知子夫人の腰をつかみ、改めてソファの上で後ろ向きにひざまずかせた。

豊かな尻山を両手で割り開くと、深い谷の底に、やはり鮮やかな紅色の肛門の窄まりが、オナニーであふれ出した蜜液に濡れ、ひっそりと息づいていた。同じセレブの貴婦人でも、草柳理事長の窄まりのように色素沈着が進んで黒光りするものがあれば、真知子夫人のように紅色の窄まりもある。

そして、真知子夫人の窄まりにはもう一つ、草柳理事長の窄まりとは大きく異なる特徴があった。草柳理事長の肛門は、蟻地獄《ありじごく》のように、放射状にシワが並んだ窄まりがそのまま中心に向かって窪《くぼ》んでいる。だが、真知子夫人の肛門は、緻密なシワが放射状に並ぶ部分がおちょぼ口のように盛り上がっている。いわば肉厚の窄まりだ。

「い、今すぐに……アナルセックスを？　す、少し休ませてください」

「安心してください。すぐにアナルセックスはしません。まずはお尻の穴をよくほぐさないといけませんから」

オナニー絶頂の余韻が冷めやらぬうちに次の高みに押し上げるため、真知子夫人の肛門の窄まりを一刻も早くほぐそうと、中指の先で窄まりに触れたとたん、中心部の深淵が突然口を開け、指先を呑み込んでしまった。

「はおおおんっ！　は、林先生、私のお尻の穴に…いきなり何を入れたの？　人のお尻に勝手に物を突っ込むなんて……」

真知子夫人は目を引きつらせて振り返り、詰問する。

「わ、私が自分から入れたんじゃありませんよ。お尻の穴をほぐしてあげようと窄まりに指を当てたら、指がいきなり尻穴に吸い込まれてしまったんです。その証拠に、全然痛くないでしょ？」

「そ、そう言えば……痛くないわ。ほかの人もそうなのかしら？」

「ふつうは肛門括約筋をじっくりとほぐしてからじゃないと、チ×ポはもちろん指一本入れるのにも苦労します。少なくとも、僕の指を最初からスンナリと受け入れてくれたアナルは初めてです」

アナルセックスの達人であるような言い方をした手前、ほかに知っているのは草柳理事長の肛門だけだとは言えなかった。

「そ、そうなの？　じゃあ、私のお尻の穴がゆるいってことなの？」

女性にとって「ゆるマン」が侮蔑の言葉であるように、「ゆるシリ」も気になるものらしい。倫太郎が試しに中指を抜き挿しすると、肛門括約筋はキュッ、キュッと小気味よく締めつけてくるし、直腸粘膜も指先をしゃぶるように絡みついてくる。

「心配には及びませんよ。決してゆるくはありません。きっと、真知子さんのお尻の穴がアナルセックスに向いているということだと思いますよ」

「そうなの。アナルセックスの経験豊富な林先生がおっしゃるのですから、信じてもよさそうね」

「では、これはどうですか？」

倫太郎は中指をいったん引き抜き、中指と薬指の二本をそろえて真知子夫人の肛門の窄まりにあてがうと、今度もスルリと吸い込まれたが、肛門括約筋の締めつけと直腸粘膜のしゃぶりつきは格段に強くなっている。

「今度は……指を、に、二本にしたのね。私のお尻の穴、どんな感じかしら？」

「肛門の窄まりが二本指の根元をギリギリと締めつけてきて、指先は直腸の粘膜にフェラチオされているみたいです。おまけに、滑りをよくするマン汁のような粘液もにじみ出ています。これはやっぱり、アナルセックスのためにあるお尻ですよ」

実際、尚子理事長のアナルに勝るとも劣らない名器と言えよう。真知子夫人は安堵《あんど》すると同時に、アナル性感への興味が湧いてきたらしい。

「お尻の穴をほめられるのって、なんだか変な感じだけど……先生、もっと指を動かしてみてっ！　このままじゃ、気持ちいいのか悪いのか、よくわからないわっ！」

「承知しました。いきますよ」

倫太郎は二本指を左右に回転させながら、指先近くまでゆっくりと引き抜き、次には根元まで挿入する。学園に多額の寄付をしてくれている会社社長の妻の肛門を、万が一にも傷つけるわけにはいかない。そう考えて慎重を期して手加減していると、催促の声が飛んできた。

「おおおおっ！　せ、先生、だんだん気持ちよくなってきたみたいっ！　もう少し速くしてみてください」

倫太郎は、直腸粘液の分泌量と肛門の窄まりの滑り具合を確認しながら、徐々に回転運動とストロークのスピードを上げていく。

「あああんっ！　き、気持ちいいっ！　お尻の穴を責められるのが……こ、こんなに気持ちいいなんてっ！」

　真知子夫人は早くも、初めてのアナル絶頂への急坂を登り始めている。

「せ、先生っ！　指はもういいから……は、早くオチ×チンをっ！」

「真知子さん、このまま私の指でイカせてあげますね」

「ま、待ってっ！　お尻の穴で最初にイクときは、は、林先生のオチ×チンで……お願いですっ！　指でイクのは嫌だわっ！」

　指マ×コならぬ指アナルで、一丁上がりとばかりにイカされることを、屈辱と感じるらしい。

「これは、不倫していた真知子さんへのお仕置きでもあるんです。そんなわがままは許されませんよ」

「お、お仕置き？　まさか、私のお尻を壊そうと言うの？」

「いいえ、大切な生徒のお母様に、そんな乱暴なことはしません」

「じゃあ、どんなお仕置きをしてくださるの？」

　尻穴を傷つけられるのではないとわかり、マゾッ気のある真知子夫人は、お仕置きを要求してきた。

「まずはこのまま、私の指をアナルに遣ってイッてもらいます。たぶん、それだけでも真知子さんはお潮を噴き上げるでしょうが……」

「お潮を噴くですって？　私、お潮を噴いたことなんてないわ」

牝潮を噴くようなはしたない女ではないと言おうとしているのだろうが、その声色には初めての潮噴き絶頂への興味と期待がにじんでいる。

「でも、それはお仕置きの予行演習のようなもので、アナル絶頂のほんの始まりにすぎません。登山で言えば、まだ一合目か二合目あたりです。そのあとで、私の勃起ペニスで真知子さんのアナルを徹底的に責め抜いて、これ以上ないというアナル絶頂に導いてさしあげます」

「そのときは、またお潮を噴きますの？」

「はい、もちろんです。さっきからスラックスの上から見ておられるとおり、私の勃起ペニスは太さも長さも、指の二本や三本とは比べものになりません。快感は何倍、いや何十倍にも感じるはずです」

「何十倍もっ！　でも、それがお仕置きになるの？」

もはや真知子夫人は、目がらんらんと輝くのを隠すことができない。

「あまりにイキすぎて、真知子さんの身体中の水分という水分がなくなってしまうまで、お潮を噴き上げるはずです。池の噴水のようにね」

「水分という水分を……噴水のようにっ！」

「真知子さんの身体中の水分が干上がってお潮が出なくなっても、私はまだアナルを責めつづけます。そうなると、真知子さんは気持ちいいのを通り過ぎて、逆に苦痛を感じるようになって意識を失います。それがお仕置きです」

草柳理事長に勝るとも劣らないアナル名器を相手に、そこまでできるかどうか、倫太郎にも自信はなかったが、言ってしまった以上はやるしかない。

「予行演習もなしにいきなりアナルセックスをしたのでは、その究極の快感に到達するのは難しいのです」

「わかりました。先生のおっしゃるとおりにしますわ。指でお仕置きの予行演習をお願いします」

苦痛を伴う究極の快感という説明がマゾの血を騒がせたのか、真知子夫人は尻山をモゾモゾと動かし始めた。倫太郎が右手の中指と人差し指の回転運動とストロークを再開すると、真知子夫人は目を閉じ、神経を肛門に集中させる。

肛門括約筋のきつい締めつけと直腸粘膜のしゃぶりつきに逆らい、二本指の回転とストロークをつづけることおよそ十分、真知子夫人の喘ぎ声が凄まじい唸《うな》り声へと変わっていき、ついには背中を反らして吹き抜けの天井に向かって大絶叫をあげる。牝潮噴射を予感した倫太郎は慌てて二本指を引き抜こうとしたが、肛門括約筋と直腸粘膜の引き止めにあって抜けなかった。

「イクッ！、イクッ！　真知子、林先生の指でアナルを責められて……イクッ！」

その次の瞬間、鮮やかな紅色をした小陰唇がヒクついたかと思ったら、二枚の鶏のトサカのようなほころびの狭間から、牝潮が勢いよく噴射される。

倫太郎が着ていたのが半袖ワイシャツだったから被害は少なくて済んだが、もしも長袖だったら、生臭い牝臭が袖に染みついたことだろう。

長い牝潮噴射が終わると、真知子夫人は全身の筋肉を弛緩させ、ソファに倒れ込んだ。倫太郎はようやく真知子夫人の尻穴から二本指を抜くことができた。

「は、初めてお尻の穴でイッて……初めての、お、お潮まで噴くなんて……」

真知子夫人は自らが噴き上げた牝潮を愛《いと》おしむように、牝潮浸しになった白革張りのソファの上で身悶えする。倫太郎は、純白の豊満な裸身を妖しく蠢かせる真知子夫人を見下ろしながら、衣服を脱ぐ。最後にトランクスを下ろそうとしたとき、真知子夫人がじっと見上げているのに気づいた倫太郎は、見せつけるように勃起ペニスの亀頭をわざとトランクスのゴム部分に引っかけ、ゆっくりと下ろす。

トランクスを太ももの半ばまで下ろしたとき、押さえつけられていた亀頭がゴムから外れ、反動で勃起ペニスがブルンッと音を立てて跳ね上がる。その拍子に、鈴口からにじみ出た先走り汁が、真知子夫人の顔に飛び散った。

「まあ、大きな毒蛇が、毒汁を吐きながら襲いかかってきたかと思ったわっ！」

真知子夫人は、裏筋を見せて反り返る勃起ペニスを見つめ、唇にかかった先走り汁を舌で舐め取る。

「それにしても、林先生のオチ×チン、とっても立派ですわ。な、舐めさせてもらってもいいですか？」

初めてのアナル潮噴き絶頂と、倫太郎のデカマラを目《ま》の当たりにしたことで、真知子夫人の中で、担任教師と生徒の母親という垣根が取り払われたようだ。倫太郎のことを先生と呼んではいるが、まるで年下の恋人に甘えるような接し方だ。

「草柳理事長からの注意は、本物のセックスだけは駄目ということでした。フェラチオは問題ありません。私からもお願いします」

倫太郎が真知子夫人の前に仁王立ちすると、夫人はソファに腰かけ直した。右手で勃起ペニスの根元をつかみ、角度を様々に変えながら、パンパンに膨らんだ亀頭の鈴口から張り出しの大きいエラの裏側、蔦のような血管が絡んだ肉茎の表裏まで、ためつすがめつ観察する。

「どうですか、私のチ×ポは？」

「見れば見るほど、これこそ男のペニスだと、惚れぼれしますわ。先生のオチ×チンに比べたら、あのインストラクターや主人のアレがみすぼらしく思えるわ」

真知子夫人は倫太郎のペニスをほめながら、どうしても拭えない不安を口にする。

「でも、こんなに大きなオチ×チン、本当に私のお尻の穴に入るのかしら？」

「大丈夫です。草柳理事長のお尻の穴に入るのですから」

倫太郎はしまったと思ったが、時すでに遅し。真知子夫人は、美熟女理事長の極秘情報を聞き逃さなかった。

「林先生、やっぱり草柳理事長と……そうじゃないかと思っていましたわ。お淑《しと》やかさと高貴さを絵に描いたような草柳理事長のお尻の穴に入るのなら、確かに大丈夫ですわね」

アナルセックスへの最後の不安が消えた真知子夫人は、美しい顔の正面で勃起ペニスを水平にし、ローズピンクの口紅を塗ったを唇を尖らせ、鳥がエサをついばむように亀頭の先端にキスをする。そして、ちょっと怪訝《けげん》そうな顔をして、今度は亀頭をスッポリとくわえ込み、エラの裏側まで亀頭に満遍なく舌を這わせる。

「気のせいかしら？」

「何がですか？」

「先生のオチ×チン、なんだかスパイシーな味がするわ」

「スパイシー？」

「わかったわっ！　きっと草柳理事長のお尻の穴の味だわっ！」

真知子夫人は勝ち誇ったような表情で何度もうなずく。

「そんな馬鹿なっ！　毎日ちゃんと洗ってるし、きょうは理事長とアナルセックスはしてませんよ」

「二人はかなり前からアナルセックスをする仲だったのね。草柳理事長のお尻の穴の匂いが、あなたのオチ×チンに染み込むぐらいに。あなたも草柳理事長も、気づいていないだけよ」

自分がうっかり口を滑らせたばかりに、草柳理事長とのアナル関係を生徒の父兄に知られ、弱みを握られてしまった。倫太郎は慚愧《ざんき》の念に駆られ、さすがに勃起ペニスも萎えそうになった。

「あら、林先生のオチ×チン、少し元気がなくなったわ。理事長とのことをバラされるんじゃないかと心配していらっしゃるのね」

図星を指され、倫太郎のペニスはますます萎えていく。そのペニスに絶妙な手コキを施しながら、真知子夫人が倫太郎を諭す。

「心配しなくていいですわ、先生。私、正昭のことを心配してくれている草柳理事長と林先生に感謝してるし、第一、私だってお二人に秘密を握られてるんですもの。絶対にバラすわけがないわ」

確かにそのとおりだと思った瞬間、現金なもので、倫太郎のペニスは真知子夫人の手の中でみるみる勃起していった。

「これで、ようやくお仕置きしてもらえるわね」

これからお仕置きをする者が、される者に励まされているのだから、世話はない。

真知子夫人はセレブな美熟女にしては意外に巧みな手コキで倫太郎のペニスを完全勃起させると、自らソファの上でひざまずき、倫太郎に向かって尻を突き出す。

真知子夫人の肛門の窄まりには、フェラチオや手コキをしている間に膣穴からあふれ出た蜜液と牝潮、それに自らの内奥からにじみ出た直腸粘液で濡れそぼち、南向きの大きなサッシ窓と高窓から降り注ぐ陽射しをキラキラと反射する。

「真知子さんのアナル、十分に潤っているし、括約筋もほぐれているようなので、このまま入れますよ」

「いいわ、林先生……いよいよなのねっ！」

倫太郎も真知子夫人もはやる気持ちを抑えられなくなっているし、時刻はもうすぐ三時になろうとしている。正昭と弟の帰宅時間は午後五時前後というから、真知子夫人がすでに噴いた牝潮と、これから噴くであろう牝潮の後始末を考えると、そろそろタイムリミットでもある。

倫太郎が左手で真知子夫人の丸々とした尻山をつかみ、右手で勃起ペニスの先端をプックリと盛り上がった肛門の窄まりに押し当てる。

「いきますよ、真知子さん」

真知子夫人は返事の代わりに、ソファの背もたれを両手で強く握り、目を閉じて小さくうなずく。

倫太郎が亀頭の先端に体重をかけると、盛り上がった窄まりはかなりの抵抗を見せたものの、やがて内側に沈み込み、大栗のような亀頭をヌルリと呑み込んだ。窄まりの沈み込みは二本指の挿入では見られなかった動きだ。

真知子夫人は背中を弓なりに大きく反らし、Oの字に開けた口から野太い声を吐いてアナル破瓜の衝撃を受け止める。

「おおおおおっ！　は、入ったのね、林先生のオチ×チンっ！」

「入りました。痛くはないですか？　真知子さん」

「痛くはないけど、お、お尻の穴を広げられる圧迫感は……はううううんっ、指二本なんかとは比べものにならないわっ！」

真知子夫人のアナルは、倫太郎が二本指で責めたときとは明らかに異なる変貌を遂げ、勃起ペニスに襲いかかってくる。

「真知子さんのアナル、や、やっぱりすごい名器ですよっ！　分厚いシリコンゴムのリングで締めつけられてるようだっ！」

プックリと分厚い窄まりが肛門の中に入り込み、肛門括約筋と協力し合って勃起ペニスの肉茎を締め上げているのだ。おまけに、直腸は収縮して亀頭にスッポリと吸いつき、奥へ奥へと誘《いざな》う。このままでは、アナルセックス初体験の真知子夫人にアッという間に射精に追い込まれてしまう。自称アナルセックスの達人の面目丸つぶれだ。

「ま、真知子さん、奥まで……入れますよ」

肛門括約筋を無理やり広げられる快感と苦痛が交互に真知子夫人を襲い、まともに返事をすることができない。それでも眉を八の字に歪め、歯を食いしばった顔で振り向き、承諾の印に首を何度も縦に振る。その拍子にキリリと結い上げられていた艶やかな黒髪がほどけ、肩から肩胛骨にかけて扇状に広がった。

倫太郎が亀頭の先端にさらに体重をかけると、肉茎は肛門括約筋を軋《きし》ませながらゆっくりと没入していき、亀頭はきつく収縮して狭隘な肉洞となっている直腸を押し広げて奥へと進む。倫太郎の下腹が真知子夫人の尻山に密着し、担任教師の特大勃起ペニスは根元まで教え子の母親のアナルに収まった。

「真知子さん、ね、根元まで入りましたよ。どんな感じですか？」

自分の勃起ペニスが教え子の母親の尻穴に侵入する様子を見つめていた倫太郎が顔を上げると、真知子夫人は背もたれをつかむ両手を突っ張って上体を反らし、長い黒髪をバサッ、バサッと振り乱す。肛門括約筋と直腸粘膜にとって身にあまる大きさの勃起ペニスによる蹂躙《じゅうりん》に耐え、その味を嚙みしめているのだ。

「す、すごわっ！　太い杭《くい》で……い、胃の中まで突き上げられてるみたいっ！」

倫太郎は、真知子夫人が痛みや苦しみを言葉にしなかったことを確認し、真知子夫人の尻山を両手で押さえ、腰を引こうとした。だが、肛門の回りの肉がわずかに動いただけで、勃起ペニスは一ミリたりとも抜き出せない。

「うわっ！　す、窄まりが……チ×ポをガッチリとつかんで放さないっ！」

尻穴の内側に沈み込んだ真知子夫人の肉厚の窄まりが、倫太郎の勃起ペニスの肉茎を締め上げ、逆止弁のような働きをして、倫太郎の勃起ペニスの後退を阻止しているのだ。草柳理事長の肛門括約筋の締めつけも厳しいが、こんなに事態に陥ったことはなかった。

「ま、真知子さん、アナルの締めつけを……す、少しゆるめてください。でないと、動けませんよ」

倫太郎の情けない声を聞いた真知子夫人は、眉根を寄せて困惑の表情で振り向く。

「でも、先生……私、力を入れてなんかいませんの。アナルセックスの達人なら、何とかしてくださいっ！　私、このままではイクにイケませんわっ！」

倫太郎は脂汗を流しながら、善後策を懸命に考えたが、すぐに名案は浮かばない。一度嚙みついたら二度と放さないというスッポンと同じだと思ったとき、天啓のようにひらめくものがあった。

そうだ、スッポンはカミナリが鳴ると嚙みつくのをやめると聞いた。カミナリと同じようなショックを真知子夫人に与えればいいのだっ！　でも、その方法は？

すると、倫太郎の目に、真夏の午後の陽光をまぶしいばかりに反射しているプールが飛び込んできた。

「ま、真知子さん、あのプールの深さは、どのぐらいですか？」

「プ、プール？　私のお臍《へそ》ぐらいの深さだけど……プールが何か？」

「プールは外から覗かれる心配はありますか？」

「いいえ。庭は高い木に囲まれているので、その心配は……」

それを聞いた倫太郎は、真知子夫人の両膝の裏側に腕を回し、「えいっ！」という気合もろとも真知子夫人を抱え、立ち上がった。逆向きの駅弁ファック、いや、逆駅弁アナルファックだ。倫太郎よりも身長二十センチ以上も小柄な真知子夫人だからこそ可能なアクロバチックな体位だ。赤ん坊にオシッコをさせるポーズに似ていなくもない。

「や、やめてっ！　こんな格好、は、恥ずかしいわっ！」

倫太郎は真知子夫人の訴えを無視して歩き、庭との境にある大きなサッシ窓を開けてウッドデッキに出た。

「ま、まさかプールでアナルセックスを？」

「正昭君と弟が帰ってくる前に何とかしないと。担任教師と母親がお尻の穴でつながっているところを見せるわけにはいかないでしょっ！」

「わ、わかりましたわ。先生にお任せします」

倫太郎は真知子夫人を抱きかかえたままウッドデッキの端に立ち、足からプールに飛び込む。

ザブンッ！　バシャッ！

倫太郎は水の中で深くしゃがみ込み、勢いをつけて立ち上がる際に、浮力を利用して真知子夫人の身体を持ち上げた。すると、肛門括約筋に締め上げられてビクともしなかった勃起ペニスが、嘘のようにスルリと抜け出たではないか。

「真知子さん、抜けましたよ」

「ええ、中に少しお水が入ってきたので、わ、わかりましたわ」

倫太郎は真知子夫人をうつ伏せにしてプールの縁につかまらせ、腰を水面に浮かせた。尻山を割り開いて肛門を見ると、分厚く盛り上がった窄まりは、何ごともなかったかのように、その口をキッチリと閉じている。

試しに右手の中指を押し当てると、窄まりはほとんど抵抗することなく、指は静かに呑み込まれていく。窄まりはプックリと盛り上がったままで、抜き挿しもスムーズにできる。

先ほどは、亀頭の先端に体重をのせ、異物の侵入に抵抗する窄まりを無理やり肛門の内側に押し込んでしまった。押し込まれた窄まりが逆止弁となり、勃起ペニスを抜けなくしたのだ。倫太郎は、真知子夫人の肛門の窄まりへの敬意が足りなかったのだと反省した。

「真知子さん、もう一度、一からやり直しますよ」

倫太郎はおちょぼ口のように盛り上がる窄まりに唇を重ね、舌先で深く刻まれたシワの一本一本を掘り起こす。シワには直腸粘液が染み込んでいて、ちょっと苦い味がする。

「はうっ！　お、お尻の穴にキスをされるなんて……くすぐったいけど、なんだか気持ちいいわ」

倫太郎が窄まりを舌先で愛撫すること五分。直腸粘液の苦みも消えてきたころ、倫太郎の誠意が通じたのか、窄まりはよりいっそう盛り上がって中心を開き、倫太郎の舌先に口づけするような動きを見せ始める。そこから新たな直腸粘液も流れ出る。

「真知子さん、もう一度入れますよ。今度は優しく入れますからね」

倫太郎は真知子夫人の尻穴の脇を両手の親指で押さえ、窄まりを左右に広げる。その中心に亀頭の先端を押し当て、そこから湧き出る直腸粘液を窄まり全体に塗り込めていく。すると、窄まりは亀頭にキスをするように口を開いた。これなら窄まりを内側に押し込んでしまう恐れはなさそうだ。

「さあ、入れますよ。身体の力を抜いていてください」

真知子夫人はうっとりとした表情を見せてうなずき、身体を脱力させて水の浮力に委ねる。ちょうど水面に顔を覗かせている肛門の窄まりを、二人が起こしたさざ波が洗っている。倫太郎が亀頭の先端にわずかに体重をかけると、窄まりは盛り上がったまま肛門の外側に残り、亀頭をゆっくりと呑み込んでいく。

「一番太いところが入りました。このまま、また根元まで入れていきます」

倫太郎は窄まりが内側に潜り込まないように両手の親指で窄まりを広げたまま、慎重に肉茎を沈めていく。そして、再び倫太郎の下腹と真知子夫人の尻山がピタリと密着した。

「さっきと違って、先生のオチ×チン……私のお尻の穴に優しいわ。先生、動いてみてください」

倫太郎は窄まりの脇を押さえていた両手の親指を離し、水面でゆらゆらと揺れる真知子夫人の尻を両手でガッチリとつかみ、恐るおそる腰を引いてみた。すると、直腸粘液にまみれた肉茎は一センチ、また一センチと姿を現した。

「今度は……動けます」

亀頭のエラが肛門括約筋に引っかかるところまで引き、次にまた挿入していく。

「はうううんっ！　先生の言われたとおり、二本指とは……く、比べものにならないぐらい気持ちいいわっ！」

窄まりは外側に残ったまま肉茎をおとなしく呑み込んでいる。倫太郎はこれで大丈夫だと確信し、本格的なストロークを始めることにした。

「これからたっぷりとお仕置きしてあげますからね。覚悟してくださいよ」

だが、覚悟しなければならないのは、倫太郎の方だった。倫太郎が本格的なストロークを開始したとたん、真知子夫人のアナルを極上の名器たらしめる二つの動きが、同時に牙を剥いて倫太郎の勃起ペニスに襲いかかってきた。

「おおおっ！　しまったっ！　肛門の窄まりにばかり気を取られて、二本指を襲ってきた高性能ぶりを忘れていたっ！」

幅の広いシリコンゴムのリングのような肛門括約筋で肉茎を締め上げられ、シゴき抜かれるだけではない。直腸粘膜が亀頭を真綿で包んで絞り上げるような動きと、真空ポンプのように勃起ペニス全体を奥へ奥へと吸い込もうとする動きを同時に行うのだ。この恐るべきアナル名器に翻弄される倫太郎はストロークを止めてしまった。しかし、真知子夫人はそれを容赦せず、自らが全速力で泳ぐイルカのように、水面に浮かせた腰を上下に激しく動かし始めた。

倫太郎の勃起ペニスは、真知子夫人の肛門括約筋と直腸粘膜に揉みくちゃにされ、これまでに経験したことのない厳しい責めを受けている。これでは、どちらがアナルセックスの達人なのかわからない。倫太郎はほとんど抵抗することもできず、早々に白旗をあげた。

「真知子さん、イ、イルカのように、そんなに激しく腰を遣われたら……だ、駄目だっ！　もうイッてしまいそうですっ！」

「ええっ？　も、もうですの？　先生は、私の身体中の水分がなくなるまでお潮を噴かせて、気を失うまで責めつづけてくださるんじゃなかったんですか？」

「だ、だから、その腰遣いを、や、やめてください。でないと……」

「だって……動かしているつもりはないのに、勝手に腰が動くんですもの……」

倫太郎は両手で真知子夫人の腰を押さえつけて動きを封じようとするが、水面に浮いている腰を止めることができない。そうこうするうちに、倫太郎の下腹の奥で快感が爆発し、熱い塊が尿道を駆け登ってきた。

「だ、駄目だっ！　真知子さんのアナルで、イクッ！　イクッ！　イクッ！」

次の瞬間、倫太郎は真知子夫人の肛門に勃起ペニスを激しく突き入れ、直腸の奥深くにありったけの精液をしぶかせた。

真知子夫人の絶品アナルに呆気なく射精させられた倫太郎は、プールからはい上がると、プールサイドのウッドデッキに大の字に横たわり、荒い息をつく。真知子夫人の肛門括約筋にあまりに厳しく締めつけられたため、萎えたペニスにはまだズキズキという痛みが残っている。

「先生、どうしちゃったんですか？　あんなに早くイッちゃうなんて、アナルセックスの達人だなんて、よくも言えたものだわ」

倫太郎の大きく開いた両脚の間に正座した真知子夫人が、萎えたペニスを右手で弄びながら非難する。

「す、すみません。でも、真知子さんのアナルが……め、名器すぎるんです」

「そんな言い訳は、聞きたくありません。悪い母親にお仕置きをすると言っておきながら、自分だけさっさとイッてしまうなんて、教師の風上にも置けないわ。先生には身体中の、いいえ、キ×タマ中の精子が空っぽになるまでお相手していただきますからね。覚悟してくださいい」

真知子夫人は萎えたままのペニスを左手でに取り、親指の腹で尿道を根元から先端に向けてシゴく。鈴口に口づけし、尿道からにじみ出てきた精液の残滓をチュッと吸うと、つい今しがたまで自分の肛門に挿入されていたペニスをいきなり丸呑みし、熱烈かつ巧みなフェラチオを加える。

真知子夫人は、救急患者に人工呼吸を施す救命医もかくやという熱心さで、十分以上にわたってフェラチオをしたが、真知子夫人の想定外の超名器アナルにありったけの精液ばかりか、アナルセックスの達人という自負まで吸い取られた倫太郎のペニスは、この日、二度と完全勃起することはなかった。

「口ほどにもないったら、ありゃしないわっ！　もう時間もないので、きょうのところは勘弁してあげます」

「はい、ありがとうございます、真知子さん」

「私は約束どおり、あのインストラクターとはきっぱりと別れます。ですから、林先生も約束を守って、アナルセックスでお潮が涸《か》れるほどイカせて、イカせまくってください。向こう一週間は子供たちは朝から夕方まで夏期講習で留守にします。ですから、その約束を実現させるまでは毎日、ご都合のよろしいときに家庭訪問してきてください。いいですねっ、毎日ですよ！」

一方的にまくし立てる真知子夫人に対し、倫太郎はただただうなずくことしかできず、逃げるようにして高田邸をあとにした。

結局、倫太郎が真知子夫人との約束を実現し、草柳理事長からのミッションを達成するまでに、そのあと五日の日数を要した。それまでの間、倫太郎は最低でも一日三度、真知子夫人のアナルに精液を搾り取られつづけたのだった。

第三章　代議士夫人は元女優

六日連続で高田邸に通って真知子夫人をアナルセックスで潮噴き絶頂させたあと、倫太郎は、週に一回は家庭訪問をすると約束させられた。出校日には理事長室で草柳尚子理事長の相手をさせられるため、倫太郎にとって忙しい夏休みとなった。

その甲斐《かい》あって、真知子夫人の母親としての愛情をたっぷりと注がれた高田正昭は以前のように勉学に打ち込み、二学期の初めの抜き打ちテストで、学年で五番の成績を収めた。倫太郎はげっそりと痩《や》せてしまったが、ミッション〝珍〟ポッシブル第一号は見事、成功したのだ。

抜き打ちテストの結果が発表された金曜日の夜、高田真知子夫人から倫太郎に電話がかかってきた。

「ま、真知子さん、どうしたんですか？　三日前にお会いしたばっかりで、まだ一週間はたっていませんよ」

「私からの電話に、そんなに怯《おび》えることはないでしょ。今夜は、正昭の同級生の柳《やなぎ》沢吉彦《さわよしひこ》君のことで電話したのよ」

「柳沢がどうかしたんですか？」

「夕食のときに正昭が言ってたんだけど、夏休みの間に柳沢君が不良グループとつき合うようになったそうよ。あちらのウチは、そうしたスキャンダルはとてもお困りになるでしょうから、担任としては早めに対処された方がよろしいのでは……と思って電話したのに、何よ、さっきの態度はっ！　まるで、私が盛りのついた色狂いだと言わんばかりだったわ」

「そ、そんなことはありません。ご、誤解ですよ」

「じゃあ、そういうことにしてあげるから、あしたの午後、家庭訪問してきて。そのときに詳しいことを話してあげるわ」

倫太郎は結局、予定外の家庭訪問を約束させられたが、倫太郎の脳裏には、事と次第によっては次のミッション〝珍〟ポッシブルの相手が吉彦の母親になるかもしれないという邪《よこしま》な期待も働いていた。吉彦の母親、柳沢朋子《ともこ》は元女優で、美熟女ぞろいの瑞星学園の生徒の母親たちの中でも、群を抜く美しさを誇っている。倫太郎はその姿を思い浮かべ、早くもペニスを勃起させせえる始末だ。

翌日の午前中、倫太郎は理事長室を訪れ、例によって立ちバックの体位で草柳尚子理事長の肛門を勃起ペニスで責めながら、高田真知子から聞いた柳沢吉彦の一件について報告した。尚子理事長の指示もなく勝手にミッション〝珍〟ポッシブルを実行することはできない。

「はうううんっ！　や、柳沢君の家は瑞星学園にとって超のつくＶＩＰよ。この前の抜き打ちテストでは、成績もかなり落ちていたし、放っておくわけにはいかないわ。高田君のお母さんから詳しい話を聞いて、柳沢君の非行の原因を究明して、原因が母親だったら、できるだけ早く柳沢君のお母さんを〝アナル指導〟してあげなさい」

「承知しました」

倫太郎は勃起ペニスを尚子理事長の尻穴に抜き挿ししながら、いつしか朋子夫人の肛門の窄まりに思いを馳《は》せていた。

「は、林先生のチ×ポ、急に大きくて硬くなったわ。超美人の……柳沢朋子のお尻の穴を想像しているのね。デカチ×ポを理事長の私のお尻の穴に入れて……せ、生徒の母親のお尻の穴を思うなんて……許せないわっ！」

「そ、そんな……滅相もないっ！　このとおり、心を込めて、理事長のお尻の穴を責めさせていただきますっ！」

倫太郎はそれからおよそ十五分間にわたって尚子理事長の尻穴に勃起ペニスのストロークを見舞いつづけ、尚子理事長を潮噴き絶頂に押し上げると同時に、尚子理事長の直腸にこの日最初の精を放ち、理事長室をあとにした。

草柳理事長が超のつくVIPと言った柳沢家は、先祖は鎌倉幕府《かまくらばくふ》の要職にあったという名家で、祖父は元鎌倉市長、父親の柳沢保夫《やすお》は現職の衆院議員だ。長男の吉彦は父親の跡を継ぐべく、父親の出身校である早稲田《わせだ》を目指している。

母親の朋子は仁科《にしな》朋子という芸名でデビューした元清純派女優で、二十歳のころは「お嫁さんにしたい女優ナンバーワン」と言われた人気女優だった。ところが、二十代半ばのとき、とある政治家のパーティーで霞《かすみ》が関《せき》のエリート官僚だった柳沢保夫と出会い、電撃結婚して芸能界を引退した。最近では人前に出るのは夫の選挙運動のときぐらいになったが、今も往年のファンの間で「伝説の清純派女優」として根強い人気がある。

四十歳を過ぎた今も、輝くばかりの肌の色つやも、ほっそりとしたスタイルも現役時代と変わらず、三十代半ばと言っても通用する若々しさだ。だが、ただ美しいだけではない。八頭身の瓜実顔、三日月のようなたおやかな眉、涼やかな切れ長の目、スッと通った鼻梁《びりょう》、引き締まった口元といった日本的な清楚《せいそ》な美貌に、熟女らしい円熟味が加わり、時に身体全体から、振るいつきたくなるような妖艶さを醸し出す。

これまでの教師人生で何百人もの母親を見てきた倫太郎は、ゴールデンウィーク明けの三者面談に和服姿でやって来た柳沢朋子に間近に接し、一見清楚な美貌や細身の身体から染み出るようなエロさを感じ取っていた。面談にタイトスカートを穿《は》いてきて、ムッチリとした太ももばかりかパンチラまで晒した高田真知子夫人のストレートなエロさもいいが、柳沢朋子夫人のように、秘すれば秘するほど楚々とした立ち居振る舞いからにじみ出るエロさも男の劣情をそそる。

一口に美熟女と言っても、草柳尚子理事長や高田真知子夫人のようなムチムチとした肉感的な身体を持つ熟女もいいが、女として成熟した媚肉を細身の身体に秘めた柳沢朋子のような女もいいと、倫太郎は認識を新たにしたのだった。

ともあれ、尚子理事長の命を受けた倫太郎は午後の授業をこなして急ぎ高田邸を訪れ、すぐさま真知子夫人から話を聞く……はずだったが、倫太郎はなぜか今、広々としたリビングルームの特大ソファに下半身を剝き出しにして座り、真知子夫人の熱烈なフェラチオを受けている。

「ま、真知子さん、きょうは、柳沢吉彦の非行について……は、話をしてくれるのでは？　おおおおっ！　そ、そこ、気持ちいいっ！」

　倫太郎のペニスの性感ポイントを知り尽くしている真知子夫人は、唇を亀頭にスッポリとかぶせ、舌先で開いたマツタケの傘のようなエラの裏側をくすぐっている。倫太郎の正直なペニスは、すぐに臨戦態勢を整えた。

「さあ、これでいいわ」

　真知子夫人は立ち上がって生成りの麻のワンピースの裾を摘まんで腰の上までたくし上げると、ソファに上がって倫太郎の腰を跨《また》いだ。そして、和式トイレを使うときのように膝を曲げて腰を下ろしてきて、自ら尻山を割り開いて倫太郎の勃起ペニスを尻穴に導き入れる。真知子夫人もまた、肉厚の窄まりを肛門の中に沈み込ませないコツを会得している。

「きょうはあまり時間がないから、前もって自分で窄まりをほぐして、中までローションを塗っておいたのよ」

　すでに第二の性器と化している真知子夫人の高性能の尻穴は、盛り上がった分厚い窄まりを外側に残したまま、勃起ペニスを音もなく根元まで呑み込んだ。倫太郎がソファのクッションを利用して腰をリズミカルに突き上げれば、真知子夫人は腰をグラインドさせる。倫太郎の上下運動と真知子夫人の回転運動が見事にシンクロし、二人のペニスとアナルに強烈な快感をもたらす。

「ま、正昭君は柳沢について……な、なんと言っていたんですか？」

「はうっ！　お母様がウザくてたまらないと、言っていたそうよ」

「なぜ、ウザいと？」

「そ、それは……あああああんっ！」

快感に喘ぎ、途切れとぎれに話す真知子夫人から知りたいことを聞き出すまでに、十五分を要した。倫太郎がそのお礼に尻穴を突き上げるテンポを加速させて真知子夫人をイキ潮絶頂に導き、急いでトランクスとズボンを穿いて高田邸の門を出たところで、坂道を登ってきた高田正明と鉢合わせした。今はまだ、真知子夫人はソファや床に飛び散った牝潮の始末をしているはずだ。

「おお、た、高田、今帰ったのか？」

「林先生こそ、どうしたんですか？」

「お前が柳沢のことを心配していたとお母さんから聞いて、話を聞きにきたんだ」

「先生、変ですよ」

「な、何が……変なんだ？」

倫太郎は真知子夫人の淫臭がシャツにでも染みついているのかと慌て、思わず袖を鼻に当てて嗅ぎそうになるのを辛うじて堪《こら》えた。

「だって、吉彦のことなら、わざわざ家庭訪問して母に聞かなくても、学校で僕に聞けばよかったのに」

「そ、そう言えば、そうだな。ああ、そうだっ！　そんなことよりも、お前、夏休みにかなり頑張ったな。この前のテストで学年五番とは、すごいじゃないか。この調子で二学期も頑張れよっ！」

取ってつけたようなほめ言葉だが、正昭は素直に喜び、別れぎわに「吉彦のことをよろしくお願いします」と言って頭を下げた。心から友達を心配する教え子と比べて、教師である自分がいかに邪な下心を抱いているかを思い知らされ、倫太郎はいささか後ろめたさを覚えながら駅への坂道を下りていった。


翌日の放課後、倫太郎が生徒指導室のドアを開けると、柳沢吉彦はすでに着席して待っていた。サッカー部のキャプテンを八月の県大会まで務めていた柳沢は、身長は百七十五センチの倫太郎よりも少し高く、真っ黒に日焼けした引き締まった身体を持つ。決して二枚目とは言えないが、キリッとした精悍《せいかん》な顔つきをしており、試合会場で他校の女子生徒からラブレターやプレゼントをもらうことも多かった。

「おうっ、柳沢、待たせたな」

「いいえ、僕も来たばかりです。きょう僕が呼ばれた理由は、街の非行少年グループとつき合っていることですね」

柳沢は悪びれるでもなく、かといって虚勢を張るでもなく、あくまでも自然体でいる。朱と交わってはいるが、朱に染まってはいないという自信があるのだろう。

「そうだ。高田が心配していたぞ。柳沢は高田に、不良グループとつき合うようになったのは母親がウザいからだと言ったそうだな。よかったら、お母さんの何が気に入らないのか、先生に話してみてくれないか。もしかしたら、力になれるかもしれないからな」

倫太郎は柳沢の母親への下心を隠すのに懸命で、親身になって心配しているという演技はできなかったが、柳沢にはそれがあまり恩着せがましくない態度だと映り、好感を持ったようだ。そして、柳沢がポツリ、ポツリと話した内容はこうだ。

柳沢は不良グループとつき合いたくてつき合っているのではない。家にいると、四六時中、母親がすり寄ってきて、ウザくてたまらない。それで遅くまで街をほっつき歩いていたら連中から声をかけられ、仲間に誘われた。連中とつき合うのは、帰宅時間を遅らせるための暇つぶしとしてつき合っているに過ぎず、万引きやカツアゲなどの犯罪にはいっさい手を染めていないという。

倫太郎はその言葉を信じることにし、つづきを促した。

柳沢の父親の保夫は現在五期目の与党代議士で、この秋にも行われると噂される内閣改造での初入閣を目指し、精力的に永田町《ながたちょう》の界隈《かいわい》で猟官《りょうかん》運動を行っている。そのため妻である朋子とのセックスも疎遠になり、母親が欲求不満からバスルームでオナニーをする姿をしばしば目撃するようになったという。

倫太郎もできることなら元清純派女優のオナニーを覗いてみたいものだと思ったが、そんな助平心はおくびにも出さず、そんな母親がどうしてウザいのかと尋ねると、意外なと言うべきか、最近ではよくあるとでも言うべき答えが返ってきた。

ある夜、柳沢が風呂に入っていると、そうとは知らずに母親の朋子夫人が入ってきて、サッカーで鍛え上げた柳沢の肉体を目にした。その夜以来、柳沢が風呂に入っていると、全裸にバスタオルを巻いただけの、あられもない姿の朋子夫人も入ってきて、やれ髪を洗ってやるだの、背中を流してやると言っては柳沢の身体に触ってくるという。近親相姦をしたいとは思わないが、ありあまる精力を持てあます高校生だけに、このままでは美しい母親の誘惑に負けてしまいそうだ。それで、帰宅時間をわざと遅らせて、入浴時間をずらしているのだという。

夏休み明けの抜き打ちテストで、高田正昭とは逆に、学年順位を大幅に落した原因はこれだったのだ。

朋子夫人が高校生の息子の劣情を刺激し、近親相姦に持ち込もうとしているのは明らかだ。柳沢は、母親が近親相姦を迫ってくることがなくなれば、これまでどおりまっすぐ家に帰って勉強すると約束した。

それにしても、柳沢朋子夫人も高田真知子と同様に、自分の息子をセックスの対象として見ていることには、驚くばかりだ。そう言えば、幼稚園や小学校に通う息子を持つ母親の中には、ママ友に「この子の童貞は私がもらうわ」と公言して憚《はばか》らない母親も多いと聞いたことがある。

きのうは教え子の美しい母親に邪な下心を抱いている自分に後ろめたさを覚えた倫太郎だったが、ペニスを勃起させながら柳沢朋子の行状を聞き、教え子を母親との近親相姦の危機から救うという大義名分のもと、ミッション〝珍〟ポッシブル第二号に着手することにした。美しい元女優とのアナルセックスが脳裏にチラつく倫太郎にとって、教師としての矜持《きょうじ》や人間としての倫理観など、ひとえに風の前の塵《ちり》に同じというわけだ。

だが、今回のミッションの遂行には、大きな障害があった。朋子夫人の夫、柳沢保夫の初入閣が噂される柳沢家では、いつもにも増して後援者やマスコミ関係者の出入りが多く、私設秘書ばかりか朋子夫人も対応に追われている。高田真知子夫人のときのように家庭訪問をして、いきなり相手の非を暴き立ててアナルセックスを迫るという荒業は使えない。

思案に暮れた倫太郎は、例によって執務机に両手を突いて尻を突き出した草柳尚子理事長の肛門を勃起ペニスで責めながら相談した。すると、まるで打ち出の小槌《こづち》でも振ったかのように名案が飛び出した。

「林先生から迫ることができないなら、相手から迫らせればいいのよ」

「それはそうですが……でも、どうやって？」

「母親の朋子は、柳沢君にお風呂場で迫ってくるんでしょ？」

「風呂場……そうかっ！　その手があったかっ！　理事長、助かりましたっ！　ありがとうございますっ！」

邪な欲望を抱いているときの倫太郎は、いつもより頭の回転が早くなるらしい。

「林先生ったら、よっぽど柳沢君の母親がタイプなのね。オチ×チンがまた、いつもより大きくて硬くなったわ」

尚子理事長が振り向いて、すねたような表情を見せる。

「いえっ、決してそんなことは……」

「許すわ。でも、その代わりに、きょうはたっぷりとお潮を噴かせてもらいますからね。いいわねっ！」

倫太郎は柳沢家の風呂場で朋子夫人のアナルを責めるための作戦を考えながら、いつもよりも大きくて硬くなったペニスで尚子理事長の尻穴を懇ろに嬲り、約束どおりに大量の牝潮を噴かせてやった。

ミッションの決行日は、十月第一週の金曜日の夜と決めた。夏以降、総理大臣の闇献金疑惑や女性議員との不倫スキャンダルが相次いで浮上し、内閣支持率が急落。人気回復のため、総理が内閣改造を断行するのは時間の問題とされている。初入閣を狙う柳沢保夫は連日、国会近くのホテルに泊まり込んで猟官運動に血道を上げており、鎌倉市扇《おうぎ》ガ谷《やつ》の自宅は留守にしている。

その自宅は、もともとは明治の元勲と言われた大物政治家の別荘で、保夫の父親が鎌倉市長時代に購入した純和風の屋敷だ。外観はそのままに、内部は高級マンション並みの最新の設備にリニューアルされている。

吉彦の情報によれば、二階の南東側に柳沢吉彦と弟のそれぞれの部屋があり、夫婦の寝室は二階の北西側だ。サウナやジャグジーなどが備えられたバスルームは、一階の南西側に位置するという。

吉彦の弟は夜九時には自室に入り、テレビゲームに興じてから寝る。吉彦は夏休みまでは、夕食後の二、三時間、授業の予習復習や受験勉強をして夜十時ごろ風呂に入る習慣だった。しかし、母親の朋子夫人が入浴中に迫ってくるようになってからは、深夜十一時ごろに帰宅すると、さっとシャワーを浴びて自室に籠《こも》る日々だという。

倫太郎はミッション決行日の夜、吉彦を学校からまっすぐに帰宅させ、朋子夫人が夕飯の仕度をしている間に、吉彦の手引きで二階の吉彦の部屋に入った。吉彦の部屋に隠れてコンビニ弁当を食べていると、階下から肉を焼く匂いが漂ってきた。久々に自宅で夕飯を食べる吉彦のために、朋子がステーキでも焼いているのだろう。

教え子はステーキで教師の俺はコンビニ弁当かよ、とボヤきの一つも出そうになったが、ステーキを焼いている美しい母親の生尻肉をもうすぐ味わえると考え直し、思わずほくそ笑んでしまった。

夕飯を食べ終えて部屋に戻ってきた吉彦は、外出の仕度をする。

「あとは先生に任せろ。二度とお前に迫ったりしないように、必ずお母さんを説得してみせるから」

「林先生、よろしくお願いします」

吉彦は倫太郎に一礼するとかつての主演映画の主題歌をハミングしながら夕飯の後片づけをしている朋子夫人に気づかれないように家を出ていった。今夜は高田の家に泊めてもらう手はずだ。

正昭がいつも風呂に入っていたのと同じ夜十時、倫太郎は湯船と洗い場を合わせて六畳以上の広さがあるバスルームにいた。湯船から壁や天井まで総檜造りだが、カランやシャワーが取りつけられている壁は一面の鏡となっている。床には滑り止めを兼ねたクッション材が敷き詰められていて、朋子夫人を四つん這いにして肛門を責めるのにお誂《あつら》え向きだ。

倫太郎は手にしたリモコンで天井の照明を淡いオレンジ色の常夜灯に切り替え、カランの前のバスチェアに腰かけると、頭からボディソープをかけて身体中を泡だらけにする。倫太郎と吉彦はほぼ同じ身体つきをしているので、こうすれば髪型や体臭の違いに気づかれることもないだろう。

壁の鏡の髪の毛をゴシゴシと洗っていると、脱衣場との境の折り戸が開けられ、ムンとした牝臭とともに柳沢朋子夫人がバスルームに入ってきた。

倫太郎が片目を開けて鏡を見ると、吉彦の話とは違い、一糸まとわぬ裸身を淡いオレンジ色に染めた朋子夫人が、右手で乳房を、左手で秘部を隠して立っていた。

久しぶりに早く帰ってきた吉彦と今夜こそ……という気持ちの表れだろう。

それにしても、八頭身の小さな瓜実顔をのせたスラリとした細身の身体、ウエストから腰にかけての流麗な曲線は、名工の手による白磁の一輪挿しのような造形美の極致と言っていいだろう。

そうした清楚な美貌と淑やかそうな身体とは裏腹に、発情した牝犬もかくやと思うほど、その肉体はすえたような生臭さい淫臭を発している。その強烈な淫臭を嗅いだだけで、倫太郎のペニスの海綿体に血液がドクドクと脈を打って流入する。高校生の吉彦には刺激が強すぎて、逆に性的な興奮をかき立てなかったのかもしれない。

「吉彦、きょうは久しぶりに早く帰ってきて、いっしょに晩御飯も食べてくれて……ママはうれしいわ。吉彦が髪を洗っている間に、ママが背中を流してあげるわね」

倫太郎が両手を頭に置いたまま小さくうなずくと、朋子夫人は床にひざまずき、いきなり後ろから抱きついてきた。朋子夫人は両腕を倫太郎の胸の前で交差させ、細身の外見からは想像もつかないほど豊かな乳房を倫太郎の背中に押しつけると、上体を時計回り、反時計回りにくねらせる。マシュマロのように柔らかい乳房の頂点にのる大ぶりの乳首が硬くシコっているのがわかった。

楚々として美しい外見と淫靡《いんび》な熟れ肉のギャップが、いやがうえにも倫太郎の劣情をそそる。倫太郎のペニスは指一本触れられていないにもかかわらず、早くも完全勃起を果たした。

「吉彦、今夜は抵抗したり、逃げ出したりしないのね。ママの気持ち、わかってくれて……うれしいわ」

その声は、男の耳元で誘いの言葉をささやく娼婦のようにハスキーで甘ったるい。三者面談の際に聞いた鈴を転がすような澄んだ声とは大違いだ。

「部活のサッカーをやめて、前よりも少し太ったみたいね」

ついこの前まで現役のサッカー部員だった高校生と比べられ、倫太郎は思わず腹を引っ込めた。幸いにも朋子夫人はまさか他人だとは疑いもせず、倫太郎の胸の前で交差させていた腕をほどき、指先で倫太郎の腹や脇腹をなぞりながら、両手をゆっくりと下ろしていく。

その指は陰毛の間から天を衝くようにそびえ立つペニスに到達し、右手で倫太郎の肉茎の根元を握ったとたん、朋子夫人は「ひっ！」と小さく悲鳴をあげた。

「は、初めて触ったけど……こ、これが吉彦のオチ×チンなの？　太くて、ゆ、指が回らないわ。それに、なんて熱いのっ！　火傷《やけど》しそうよっ！」

倫太郎の身体に遮られて勃起ペニスを見ることができない朋子夫人は、右手で肉茎の根元を握ったまま、左手の指先を肉茎の先端まで滑らせると、手のひらで亀頭を包み込み、その大きさを確かめる。

「き、亀頭が……特大マツタケの傘のように開いているっ！　パ、パパのオチ×チンだって、いいえ、ほかのどの男の人のオチ×チンだって、これほどすごくはなかったわっ！　なんだか怖いくらいよっ！」

だが、朋子夫人は息を荒らげながら、両手を使って愛おしむように特大マツタケを細部までチェックする。そして、ついに実の息子に対する本当の願望を口にした。

「吉彦のオチ×チン、ママの中にちょうだいっ！　ママの身体で興奮して……こ、こんなに大きくしてくれてるんだから、ママが責任を取って……慰めてあげるわ。いいでしょ？」

日本中の男の多くがオナニーのオカズにしてきたに違いない美しい元女優が、全裸の身体を密着させ、勃起ペニスを手コキをしてくれている。その美の化身のような熟女からこれほど甘ったるく切なそうな声でセックスをお願いされたら、どんな男でもすぐに押し倒して願いを叶《かな》えてやろうとするだろう。

本来なら美熟女好きでは人後に落ちない倫太郎であればなおさらだが、今は大事なミッションの遂行中だ。おまけに、アナルセックスの味を覚えた倫太郎は、幾人かの男たちを受け入れたことがある膣穴でのセックスより、生徒の母親の肛門の処女をいただくことに歪んだ喜びを見出《みいだ》している。

倫太郎は勃起ペニスに手コキを施されながら、静かに告げる。

「柳沢君のお母さん、それはいけませんよ」

「ひぃぃぃぃぃぃぃぃぃっ！　あ、あ、あなたは誰っ！」

絹を裂くような悲鳴がバスルームに響きわたり、朋子夫人が倫太郎の身体から飛びのく。倫太郎がバスチェアに腰を下ろしたまま振り返ると、朋子夫人はひっくり返った蛙《かえる》のように、洗い場の床に仰向けに倒れていた。図らずも倫太郎に向かってM字開脚した格好だ。

倫太郎がリモコンを操作して天井の照明を「全灯」にすると、バスルームは昼間のような明るさになった。

「柳沢君の担任の林です。お母さん、ご無沙汰しております」

「ど、どうして……林先生が、この家のお風呂に？」

朋子夫人は混乱のあまり、大股開きした脚を閉じることも忘れて、楚々とした美貌からは想像もつかない淫靡きわまりない陰裂を晒す。漆黒の陰毛に覆われた大陰唇はパックリと割れ、そこから二枚の鶏のトサカのような小陰唇がほころび出ている。

陰裂は全体に色素沈着が進んでいるが、充血して花と開いた小陰唇の内側は、鮮やかなピンク色をしている。そこに緻密なシワが左右対称に刻まれ、中心から蜜液をあふれさせている様子は、まるで雨に濡れた満開の牡丹《ぼたん》の花のような美しさだ。

その小陰唇の上では、土中から頭を出したタケノコのように、鮮やかな朱色をしたクリトリスが包皮を割って姿を現していた。

倫太郎は、淫乱さと清楚さが同居する「伝説の清純派女優」の生殖器官に魅せられながら、かねて用意しておいた説明をした。

「どうしても、こうしてもありませんよ。柳沢君に今夜、家に来てくれと頼まれてやってきたら、急に同級生の高田の家に行くことになったので、風呂にでも入って待っていてくれと言われ、そのとおりにしただけです」

無茶苦茶な作り話だが、混乱の極みにある朋子夫人には通用した。

「そ、そうだったんですか。私、存じ上げなかったもので……失礼しました」

朋子夫人は慌ててその場に正座し、倫太郎に深々と頭を下げる。小ぶりの乳房の頂点に、やや大ぶりの乳首がのる。こちらも生殖器官の外縁部と同様に、かなり色素沈着が進んでいる。清純派で売っているときに、色も形も乾燥プルーンに似たこの乳首を解禁していたら、幻滅するファンも少なからずいたかもしれない。

再び頭を上げた朋子夫人は右手で両の太ももが合わさるところを覆い、左手で両の乳房を隠して立ち上がろうとしたが、バスチェアに座った倫太郎の股間にそそり立つ特大マツタケのようなペニスに気づき、目を大きく見開いたまま釘づけになった。

「は、林先生、まさかそれがさっき触っていた……」

「そのまさかです。柳沢君のお母さん、慎みのないチ×ポをお見せして、申し訳ありません。お母さんがあまりにエッチな匂いをされているうえに、マシュマロのように柔らかいオッパイを背中に押しつけられ、白魚のようなしなやかな指で手コキされて、こうなってしまいました」

倫太郎は殊勝に謝るふりをしながら、わざと下品な言葉遣いをし、右手で勃起ペニスをグイグイとシゴいてみせた。朋子夫人はふだん聞きなれない下品な言葉に酔い、今度は蛇ににらまれた蛙のように身じろぎ一つせず、口を半開きにして勃起ペニスを見つめている。

「でも、お母さんも私と同じですよね」

「同じと……おっしゃいますと？」

「お母さんも、柳沢君のチ×ポと間違えて私のチ×ポをシゴきながら、オマ×コを濡らしておられましたね」

「そ、そんなことは……ご、ございませんわ」

朋子夫人は力なく反論すると、正座する自分の太ももに目を落とした。

「まあ、お母さんがオマ×コを濡らしていたかどうかは大した問題ではありません。でも、母親が実の息子のチ×ポをオマ×コに欲しがって言い寄るのはいかがなものでしょうか。担任教師としては、簡単に見逃せる問題ではありません」

反論することもできず、下を向いている朋子夫人に、倫太郎はバスチェアに腰かけて、股間にそそり立つ勃起ペニスを揺らしながら、ミッション〝珍〟ポッシブルについて話し始める。

「夏休み明けの抜き打ちテスト、吉彦君の成績が大きく下がったのは、お母さんもご存じですね」

「は、はい。先生はそのことで、今夜おいでになったのでは？」

「ウチの学園の草柳理事長によれば、男子生徒の成績が落ちる原因の多くは、母親の欲求不満にあります」

「母親の欲求不満……ですか？」

「そうです。母親の欲求不満が様々なかたちで息子に悪影響を及ぼし、成績が落ちたり非行に走ったりするのです。つい最近も、母親が欲求不満から不倫をして、成績ががた落ちした生徒がいました」

「そうでしたの。それで、そのお母様と生徒さんは？」

「草柳理事長から私にミッションが下され、お母さんの欲求不満を解消してさしあげたところ、成績はまた上がりました」

「は、林先生が……そのお母様の欲求不満を、か、解消なさったのですか？」

「はい。そのとおりです」

「でも、どうやって……よ、欲求不満の解消を？」

「アナルセックスです」

倫太郎のあまりにストレートな物言いに、朋子夫人は一瞬、怪訝そうな表情を見せた。世の中に、男と女が膣穴ではなく肛門で交わるアナルセックスという行為があるのは知っているだろう。しかし、教師、生徒の母親、アナルセックスという三つの単語を、混乱する頭の中で一つのセンテンスにつなぐのに数秒を要した。

「は、林先生が……ア、アナルセックスで……お母さんの欲求不満を……」

「そうです。このチ×ポを、お母さんの、お尻の穴に入れて、欲求不満を解消したのです」

倫太郎は噛んで含めるように、一語一語をゆっくりと声にした。そして、改めて勃起ペニスを朋子夫人の目の前でシゴいてみせると、朋子夫人の目は再び勃起ペニスに釘づけになった。

「そ、その特大マツタケのようなオチ×チンが……ほ、本当に……お、お尻の穴に入るんですか？」

その眼差しと声音には、恐怖と期待が入り混じっている。朋子夫人の脳裏には、目の前の特大マツタケが自らの肛門に無理やり挿入されるシーンが浮かんでいるに違いない。

「もちろんです。肛門の窄まりを十分にほぐして、ローションで滑りもよくしてから入れます。お尻の穴を開かれる圧迫感はありますが、痛みはありません」

倫太郎の自信に満ちてキッパリとした言葉を聞き、朋子夫人の眼差しから恐怖が消え、安堵が広がる。

「でも、なぜ、わざわざアナルセックスを？」

倫太郎が「アナルセックスは本当のセックスではないから、浮気や不倫にはならない」という草柳理事長の持論を説明すると、朋子夫人の顔がパッと花が咲いたように明るくなった。

「そ、それで……本当に欲求不満が解消されるのですね？」

声音にも明らかに期待がにじみ出ている。倫太郎はあと一押しだと感じた。

「はい、そのとおりです。どなたも気持ちよすぎて、ただイクだけじゃなく、必ずお潮を噴かれます」

「私、今までお潮なんて噴いたことございませんわ。それでもよろしいの？」

「はい。これまでのお母さんたちもみなさん、潮噴きもアナルセックスも未体験でしたが、私のペニスをお尻の穴にしっかりと受け入れ、最後には歓喜の声と同時に潮を噴き上げられました。」

アナルセックスをやる気満々の朋子夫人を見て、もはや自分の思うままだと思ったが、相手の術中にはまったのは倫太郎の方だった。

「でも、どんなに気持ちよくイケても……一度だけでは……欲求不満が、またぶり返してきたら、どうしてくださるの？」

高田真知子夫人のときは、成り行きで週に一回の家庭訪問を約束させられたが、朋子夫人はまだ一度もアナルセックスをしていないにもかかわらず、二度目以降のリクエストをしてくるとは――これにはさしもの倫太郎もたじろいだが、もとより「伝説の清純派女優」の尻穴を定期的に味わえる誘いを断る理由はない。

「週に一回の家庭訪問というアフターサービスもあります」

「では、それでお願いするわ。早速ですけど、どうやって、私のお尻の穴を柔らかくほぐしてくださるの？」

やはり、草柳尚子理事長や高田真知子夫人もそうだが、セレブ熟女は一度決断すると、そのあとの行動は決然として迷いや躊躇がない。

「まずはお尻の穴の窄まりにキスをして、窄まりの緊張を取り去ります」

「まあ、お尻の穴にキスを？　不潔じゃないのかしら？」

「セレブのご家庭のトイレには、お尻を洗うシャワーが設置されておりますので、きれいですよ。ここにもシャワーがありますから、ご心配でしたら、私が洗ってさしあげます」

「先生にお任せします。お好きなようになさってください。で、その次は？」

「お尻の穴に指を挿入して、肛門括約筋をマッサージしてお尻の穴を拡張します。最初は一本から始め、二本まで増やします」

朋子夫人は興味津々といった表情を隠そうともせず、次々と質問する。

「でも、二本指と先生の特大オチ×チンでは、ずいぶんと太さが違いますわ」

「アナルセックスでは、多少の圧迫感があった方が、お互いに刺激も感激も大きくなります。男はアナル処女をいただいたことを、女はアナル処女の破瓜を実感できるのです。肛門の窄まりはそのあと、回数を重ねるごとにこなれてきて、ほどなく第二の性器となります」

「じゃあ、先生がこれまでにお相手されたお母様たちも、今ではアナルセックスを楽しんでいらっしゃいますのね？」

「はい。私が窄まりにちょっと口づけしたり指で愛撫しただけで、潤滑油代わりに直腸粘液を分泌されますので、ローションも必要ありません。それに、通常のセックスで気持ちよく潮を噴くには、挿入したペニスを引き抜かなければなりませんが、アナルセックスなら、そのままで膣穴から思う存分に潮を噴くことができます。しかも、避妊の必要もないので、男も女もお互いの肉体を生で味わうことができます」

「アナルセックスって、そんなにいいことづくめで欲求不満が解消できて、しかも浮気や不倫にならないなんて……まるで夢のようですわ」

柔らかいクッション素材の床に正座する朋子夫人は、踵《かかと》にのせた尻をモゾモゾと動かし、一刻も早くアナルセックスの試してみたがっているのがみえみえだ。しかし、セレブ熟女の言うことは、あくまでも心や身体とは裏腹だ。思わずゾクッとするような流し目を倫太郎に送り、思いも寄らないことを尋ねてきた。

「でも、林先生、本当はこの私と、アナルセックスをしたくて、わが家のお風呂に忍び込まれたのでしょ？」

「ど、どうしてそんなことに？　私の話を聞いていなかったんですか？」

今の今まで倫太郎が優位に立っていたのに、たった一つの質問で、いとも簡単にひっくり返されてしまった。

「いいんですのよ、言い訳なんて。私がいくら嫌だと言っても、林先生は無理にでも私のアナルを犯すんでしょ？」

「む、無理やりにだなんて……」

「先生は、私が泣いて『やめてくださいっ！』って頼んでも、きっとアナルセックスをなさるのですわ。だって、先生には、草柳理事長が下されたミッションという言い訳がありますものね。理事長の命令には逆らえないんでしょ？」

朋子夫人の真意を計りかねていた倫太郎も、ようやく理解できた。朋子夫人がアナルセックスにどれだけ興味や願望を持っていても、自分から要求するのは元女優で代議士夫人というプライドが許さない。そこで、学園の最高権力者の命令でやって来た担任教師に無理やり尻穴を犯されたということにしたいのだ。倫太郎はやや芝居がかった声色で厳粛に宣言する。

「そうです。吉彦君のお母さんがいくら泣いて頼んでも、私は理事長のミッションとして、お母さんのお尻の穴を犯さなければなりません。ですから、無駄な抵抗はやめて、そこに四つん這いになるんです」

「よ、四つん這いに？　先生にお尻を向けて？」

朋子夫人は倫太郎が答える前に、自らポーズを取る。

「次は、顔を床につけて、両腕を頭の上でまっすぐに伸ばす」

朋子夫人は右頬を床につけ、両腕を万歳のかたちに上げた。完璧な脱毛処理が施された純白の腋窩が無防備に晒され、ウエストから腰にかけて流麗な曲線美を見せる尻山が高々と掲げられる。朋子夫人の尻山は、草柳理事長や高田真知子夫人ほどの張り出しや肉づきはないが、片手でつかめる大きさのゴムまりを二つ並べたようにプリンと丸い。

「柳沢君のお母さん、なんて可愛《かわい》いお尻なんだっ！　高校教師がこんなことを言ったら怒られそうですが、女子高生のような可愛いお尻です。早速ですが、お尻の穴を拝見しますよ」

倫太郎は高価な芸術品を鑑賞するかのように朋子夫人の尻山の後ろにひざまずき、

弾力もゴムまりのような尻山に両手を置き、左右に割り開く。倫太郎は蓮華草《れんげそう》の花のように可憐《かれん》な肛門の窄まりを期待していたが、裏切られたばかりではなく、返り討ちにまで遭ったような衝撃を受けた。

「林先生、私の、ア、アナルはいかがですの？　率直な感想を聞かせて……」

倫太郎は、できれば感想など言いたくなかった。なぜなら、朋子夫人の尻山の谷間は、とても貴婦人のものとは思えないほどの惨状を呈しているからだ。

まず目に飛び込んでくるのが、谷間をビッシリと埋め尽くす漆黒の陰毛だ。大陰唇を覆い尽くす陰毛は、その勢いのまま尻穴を囲み、さらに尻山の谷間の切れ目近くにまで達している。

だが、一つだけ救いもある。それは、ミッションのターゲットである肛門の窄まりだ。乳首や陰裂は色素沈着が進んでいるにもかかわらず、肛門の窄まりだけは小陰唇の内側と同じ鮮やかな薄紅色をしている。窄まりのシワは一本の乱れもなく放射状に並び、その刻みも緻密で深い。見るからに端正な窄まりは、密林の奥にひっそりと咲くユリの花、それも薄紅色の可憐な花を咲かせるオトメユリにそっくりで、深いシワを刻んだまま急傾斜で中心の深淵《しんえん》に滑り落ちる。高田真知子夫人の肉厚の窄まりはもちろん、草柳理事長のそれに比べても、肛門の落ち込みが急角度で奥深いのだ。

言葉を選んでいる倫太郎に向け、朋子夫人は尻を小さく振って催促する。倫太郎は陰毛には触れず、肛門の窄まりについて見たままを伝えた。

「よかったわ。実は私、心配していたんですよ。乳首も大陰唇もずいぶんと色が濃いでしょ。だから、お尻の穴まで黒ずんでいたらどうしましょうって……」

「お尻の穴も女子高生のお尻の穴のように可愛いです……あっ！　と言っても、女子高生のお尻の穴を見たことはありませんよ」

「うふふ、わかってますわ、先生が熟女フェチだってこと。先生は年上のオバサンがお好きなんでしょ？」

「や、柳沢君のお母さんは、オバサンなんかじゃないですよ。強いて言うなら、美しい熟女、美熟女です」

「では、私のお尻の穴にキスをしてくださいますわね？」

「もちろんです。ミッションでなくても、こちらからお願いしたいぐらいです」

朋子夫人は心から安堵し、うっとりと目を閉じて肛門への口づけを待つ。倫太郎は肛門の周囲を覆う陰毛をかき分けると、口づけする前に薄紅色の可憐な窄まりに鼻を埋め、窄まりの匂いを嗅いだ。牝臭の中に燻製《くんせい》のような香りがほのかに混じり合い、倫太郎の鼻腔をくすぐり、脳髄を痺れさせる。

1 0

書籍のご注文は84円
アンケートのみは63円
切手を貼ってください

東京都千代田区神田三崎町2-18-11

二見書房・M&M係 行

ご住所 〒	
TEL - -	Eメール
フリガナ	
お名前	（年令 才）

※誤送を防止するためアパート・マンション名は詳しくご記入ください。

22.8

)

(複数回答可)

ンだった □ 内容が面白そうだった
よかった □ 装丁（イラスト）がよかった
じに惹かれた □ 引用文・キャッチコピーを読んで
知人にすすめられた
□ 広告を見た （新聞、雑誌名：)
□ 紹介記事を見た（新聞、雑誌名：)
□ 書店の店頭で （書店名：)

3 ご職業
□ 学生 □ 会社員 □ 公務員 □ 農林漁業 □ 医師 □ 教員
□ 工員・店員 □ 主婦 □ 無職 □ フリーター □ 自由業
□ その他（)

4 この本に対する評価は？
内容：□ 満足 □ やや満足 □ 普通 □ やや不満 □ 不満
定価：□ 満足 □ やや満足 □ 普通 □ やや不満 □ 不満
装丁：□ 満足 □ やや満足 □ 普通 □ やや不満 □ 不満

5 どんなジャンルの小説が読みたいですか？（複数回答可）
□ ロリータ □ 美少女 □ アイドル □ 女子高生 □ 女教師
□ 看護婦 □ ＯＬ □ 人妻 □ 熟女 □ 近親相姦 □ 痴漢
□ レイプ □ レズ □ サド・マゾ（ミストレス） □ 調教
□ フェチ □ スカトロ □ その他（)

6 好きな作家は？（複数回答・他社作家回答可）
( )

7 マドンナメイト文庫、本書の著者、当社に対するご意見、
ご感想、メッセージなどをお書きください。

ご協力ありがとうございました

「なんていい匂いなんだっ！　柳沢君のお母さんのアナル、匂いも最高ですっ！」

「お、お尻の穴の匂いだなんて……恥ずかしいわっ！　早く、キ、キスをっ！」

倫太郎はもう一度、深呼吸して朋子夫人の肛門の芳香で肺腑《はいふ》を満たしてから、窄まりに当てた舌先をチロチロと動かし、放射状に並ぶ窄まりのシワを一本一本掘り起こすように舐めていく。

「うううんっ！　は、初めてお尻の穴を舐めてもらったわ。ちょっとくすぐったいけど、不思議ね……す、すごく落ち着くわ」

倫太郎はヒクつき始めた窄まりに唇をかぶせ、思い切り吸引する。ユリの花のように急傾斜で落ち込んでいた窄まりを吸い出し、ザラつく舌の腹でベロリ、ベロリと舐め上げる。朋子夫人の声色がとたんに一オクターブ高くなる。

「はうううんっ！　す、すごいわっ！　魂まで吸い出されてしまいそうっ！　オマ×コにキスされるより、な、何倍も気持ちいいわっ！」

元清純派女優にして美貌の人妻の口から「オマ×コ」などという下品な言葉で飛び出すと、よけいに卑猥《ひわい》に感じる。

倫太郎が口づけを解くと、窄まりは元の急斜面を回復したが、深淵の奥はエサを求める金魚の口のように、閉じたり開いたりしている。初めての異物の挿入を予感し、侵入者を歓迎しているかのようだ。

「柳沢君のお母さん、第二段階に移ります。肛門括約筋を指でマッサージして、お尻の穴を広げます」

朋子夫人は再びおとなしく横顔を床に伏せて目を閉じ、自らの肛門を倫太郎の指に委ねることに無言の承諾を与えた。カランの脇に設置された棚からボディローションのボトルを手に取った倫太郎は、まずはローションを尻山に垂らしては両手で満遍なく全体に塗り込める。草柳理事長や高田真知子夫人のような肉づきのいい巨尻もいいが、キュッと引き締まったゴムまりのような大きさと弾力を持つ尻山もいい。倫太郎は、尻山を情欲の対象として見たことはあっても、愛おしいと思ったのは、朋子夫人の尻山が初めてだ。

ひとしきり尻山の手触りと弾力を楽しんだ倫太郎は左手にボトルを持ち、三十センチほどの高さから、いっそうヒクつきが活発になった窄まりにローションを垂らす。ローションが窪みの深い窄まりを直撃し、朋子夫人は「ヒッ」と小さな悲鳴をあげる。倫太郎は右手の中指で窄まりに溜まったローションを素早くシワの一本一本に塗り込めていく。

「柳沢君のお母さん、右手の中指をお尻の穴に入れますよ」

「こ、こんなときに、お母さんなんて呼ばれるのって、恥ずかしいし、なんだか吉彦に後ろめたい気がして……名前で呼んでください」

高田真知子夫人も同じことを言っていた。どうせなら母親であることを忘れ、一人の女、もしくは一匹の牝として快楽を貪りたいということなのか。

まあ、倫太郎にとってはどっちでもいいことだが……。

「わかりました、朋子さん。では……」

倫太郎はローションのボトルを置き、左手の親指と人差し指で朋子夫人の尻山を寛《くつろ》げると、右手の中指をまっすぐに伸ばし、窪みの深い窄まりに挿入する。

可憐なユリの花に似た朋子夫人の肛門括約筋は、初めてとは思えないほどスムーズに侵入者を受け入れる。倫太郎の中指は心地よい締めつけを受けながら、ほどなく根元まで埋もれた。窪みの深い窄まりのシワは、肛門括約筋の内側で直腸粘膜の襞襞へと変わり、中指にまったりと絡みついてくるのがわかった。血を吸われる心配はないが、何百匹ものヒルに吸いつかれているようだ。

何百匹ものヒルたちが倫太郎の中指に一分の隙間もないほどビッシリと貼りつき、ザワザワと蠢いているのだ。名器と呼ばれる膣穴に「ミミズ千匹」があるが、これは「ヒル千匹」と呼ぶに相応しいアナル名器に違いない。

ご馳走《ちそう》を前にすると、堪え性がなくなるのが倫太郎の弱点だ。一刻も早く朋子夫人の尻穴を勃起ペニスで味わいたくなった。

「お母さん……じゃなくて、朋子さんのお尻の穴、これは途轍《とてつ》もない名器ですよ。直腸の粘膜に幾筋もの緻密な襞襞があって、まるで指が何百匹ものヒルに吸いつかれているようです」

倫太郎はその感触を楽しむように、中指を右に左に回転させながら、ゆっくりと抜き挿しする。

「た、確かに……私の直腸が先生の指に絡みついているがわかりますわ。でも、それって、入れる方は気持ちいいかもしれませんが、い、入れられる方は……どうなんでしょう？」

尻穴の下で大輪の牡丹の花のように咲き誇る小陰唇から、膣穴からあふれ出る蜜液がしたたり落ちている。朋子夫人もまだるっこしい手順などすっ飛ばして、アナルセックス本番を望んでいるようだ。

もとより倫太郎に異存はない。中指を呑み込んだ窄まりの柔軟性からして、このまま勃起ペニスを挿入しても、さしたる痛みはないだろう。

「朋子さん、百聞は一見にしかずと言います。二本指の拡張作業は飛ばして、私のチ

×ポをを入れさせてもらいます。いいですね？」

「いいも何も……林先生は、私がいくら『やめてください』と頼んでも、聞いてくださらないんでしょ？」

そうだった。朋子夫人は無理やり尻穴を犯される自分を演じたいのだった。倫太郎は朋子夫人の尻穴から指を引き抜き、勃起ペニスにローションを塗りながら、わざと声を低くして命じる。

「朋子さん、いい覚悟ですね。では、両手を後ろに回して、お尻の山を大きく割り開いてください」

「そ、そんなこと、私には……」

パシンッ！

倫太郎が尻山を平手打ちすると、朋子夫人はバスルームに響きわたるような悲鳴をあげた。

「ひいいいいいいいっ！」

打擲《ちょうちゃく》音は大きかったが、痛みはそれほどではないはずだ。だが、映画やドラマの中ではともかく、私生活で身体のどこかを男に打たれた経験はないだろうし、かつては日本中の男たちを虜にした元女優で、今は大臣の椅子を窺《うかが》う国会議員の妻が、あろうことか一介の高校教師に尻を打たれたのだ。肉体的な痛みはそれほどではなくても、精神的ショックは大きいに違いない。

「林先生、ひ、ひどいわっ！　か弱い女を暴力で従わせようなんて……」

朋子夫人は右頬を床につけたまま、眉根をきつく寄せ、ふだんは涼やかな切れ長の目を吊り上げ、大粒の涙をあふれさせる。倫太郎はやり過ぎたかと肝を冷やしたが、朋子夫人は口では倫太郎を非難する一方で、両手をゴムまりのような尻山に置き、力いっぱい左右にグイッと開いた。元女優だということを忘れ、危く演技に騙《だま》されるところだった。倫太郎も血も涙もない暴漢を演じることにした。

「奥さんこそ、ひどいじゃないですか。本当は一刻も早く犯してもらいたくて、尻穴をヒクヒクさせているくせに、人を暴行魔呼ばわりするなんて」

「お、お尻の穴を……ヒクヒクなんて、さ、させてませんわっ！」

朋子夫人はまるでヒクつく尻穴を見せつけるかのように、横顔を床につけたまま背中を極限まで反らし、尻穴を真上の天井に向ける。そして、さらに力を込めて尻山を割り広げたため、肛門の窄まりが横長に変形して口を開き、シーリングライトの光を浴びた鮮紅色の直腸粘膜が覗いている。

「お尻の穴をそんなにおっぴろげて……やっぱり、早く入れてほしいんですね」

倫太郎が腹を打たんばかりに反り返る勃起ペニスを握りしめ、亀頭を窄まりに押し当てる。

「嫌っ！　お、お尻を犯さないでっ！　後ろはまだ、しょ、処女なのよっ！」

朋子夫人は尻を小さくグラインドさせながら、窪みの深い窄まりで亀頭の先端をこねるように愛撫する。この期《ご》に及んでなお犯される女を演じる演技力もさることながら、初めて尻穴にペニスを迎え入れるとは思えないほど巧みに、男の性感を刺激してくる。倫太郎は内心で舌を巻きながらも、朋子夫人の演技につき合う。

「奥さん、今さら何を言っても無駄ですよ。さあ、お尻の穴の力を抜いて」

朋子夫人はじっと目を閉じ、口を半開きにしてゆっくりと深呼吸する。その美しい横顔を眺めていると、倫太郎は自分が戦国時代の城主の奥方様の尻を犯す山賊にように思える。倫太郎はその想定に陶酔しながら、亀頭の先端に体重をのせていった。

倫太郎は亀頭にかなりの抵抗があるものと予想していたが、予想は見事に裏切られた。窪みの深い窄まりに刻まれたシワが伸び、パンパンに膨らんだ亀頭が音もなく沈み込んでいく。可憐な一輪のユリの花が、身にあまる大蛇を呑み込んでいくような異様な光景を、倫太郎は我がことながら信じられない思いで見つめる。

呆然《ぼうぜん》とする倫太郎をよそに、朋子夫人の方から腰を後ろに突き出してきて、尻山を倫太郎の下腹に密着させた。勃起ペニスが根元まで呑み込まれ、先ほどは倫太郎の指にまとわりついていた直腸粘膜の襞襞が、勃起ペニスに髪の毛一本の隙間もないほどまったりと絡みつく。それだけで倫太郎の背筋にゾクゾクと快感が走った。

「おおおおっ！　朋子さんのアナル、なんて気持ちいいんだっ！　チ、チ×ポがとろけそうだっ！」

倫太郎が思わず歓喜の声をあげるのと時を同じくして、朋子夫人が戸惑いの悲鳴をあげた。

「ああああんっ！　へ、変よっ！」

「な、何が……ですか？」

「私のお尻の穴、処女なのに……ち、ちっとも痛くないわっ！　それどころか、すごく気持ちいいのっ！　ど、どうしたのかしら？」

朋子夫人は肛門の処女の破瓜の痛みを感じないのが不満らしく、痛みを求めて尻山を前後、左右、上下に振り回す。ウエストから上は微動だにしないのに、尻山だけはまるで別の生き物のように激しく暴れている。これでは、どちらがアナルセックスの上級者で、どちらが初心者だかわからない。

倫太郎は、朋子夫人が女優になる前はバレリーナを夢見てクラシックバレエに打ち込み、最近ではヨガをやっているという雑誌のインタビュー記事を読んだのを思い出した。身体の各部位を自在に動かすことができるのは、そのたまものだろう。

だが、そんなことを悠長に考えていられるのもここまでだった。今度は肛門の内側から脅威が襲ってきた。

「うわあああっ！　な、何だっ、これはっ！　アナルの中のヒルがいっせいに暴れだしたぞっ！」

それまでは勃起ペニスにまったりと絡みついていた直腸粘膜が、緻密な襞襞をザワつかせ、奥へ奥へと引きずり込もうと蠕動しているのだ。倫太郎は本能的に勃起ペニスを朋子夫人の尻穴から引き抜こうとしたが、さっきまでは大栗のような亀頭を音もなく呑み込むほど柔軟だった肛門括約筋が、今は万力のように勃起ペニスの根元をガッチリと締め上げる。

朋子夫人の排泄器官はなんと、亀頭をフェラチオしてくる草柳理事長の直腸と、勃起ペニスの抜き挿しを封じる逆止弁となる高田真知子夫人の肛門の窄まりの両方の凶器の機能を併せ持っていたのだ。虫も殺さないような淑やかな朋子夫人が、可憐なオトメユリの花のような肛門の窄まりの奥に、こんな凶暴なアナル名器を隠し持っていたとは……。

「ああああんっ！　す、すごいっ！　林先生、すごい快感ですわっ！　これで本当にイケたら……欲求不満なんて吹き飛んでしまいますわっ！」

その朋子夫人が無我夢中でさらなる快感を追い求め、腰を奔放に暴れさせ、肛門括約筋と直腸粘膜の絶妙なコンビネーションで倫太郎の勃起ペニスを翻弄する。

以前の倫太郎なら、真知子夫人との最初のアナルセックスのときのように、この時点であっさりと白旗をあげて射精に追い込まれていたことだろう。だが、今では全速力で泳ぐイルカのような真知子夫人のしなやかで激しい腰遣いにも耐え、アナルセックスで牝潮を噴かせることができるまでに進歩した。

朋子夫人の暴れ腰とアナル名器に勃起ペニスを翻弄されながらも、この窮地を脱する方法を懸命に考えていた倫太郎は、M字開脚した朋子夫人の陰裂の頂点で、包皮を割って頭を覗かせていたクリトリスを思い出した。鮮やかな朱色をしていて、いかにも敏感そうなクリトリスだった。

倫太郎は、取りあえず暴れ腰だけでも押さえ込もうと、右手を朋子夫人の脇腹から股間に回し、ビッシリと生えそろった陰毛をかき分けてクリトリスを探り当てた。

「はうっ！　そ、そこは……クリトリス！　私、クリちゃんは弱いんですっ！」

倫太郎の思惑どおり、クリトリスに気を取られた朋子夫人は、腰の動きを止めた。

倫太郎は親指と人差し指と中指の三本指で包皮を押し下げてクリトリスを根まで剝き出しにすると、敏感な陰核粘膜を三本指でこねるように摩擦する。

「はうううううんっ！　ク、クリちゃんが……気持ちいいっ！」

倫太郎は暴れ腰の押さえ込みには成功したが、別の問題が持ち上がっていた。腰の動きが封じられたぶん、排泄器官内部の動きが活発になったのだ。

直腸は粘膜の襞襞を蠕動させて勃起ペニスを奥へ奥へと引きずり込もうとするだけでなく、自ら収縮と弛緩を繰り返し、真空ポンプのように勃起ペニスから精液を吸い上げようとする。肛門括約筋は勃起ペニスの根元を締め上げるだけでなく、根から引き抜こうと窪みの深い窄まりで絞り上げる。

このままでは早晩、射精に追い込まれるのは目に見えている。倫太郎は、攻撃は最大の防御という言葉を思い出し、玉砕覚悟で勃起ペニスをストロークさせる手に打って出た。

直腸が弛緩し、肛門の窄まりが絞り込みをゆるめるタイミングを見計らい、亀頭だけを朋子夫人の排泄器官に残して勃起ペニスを一気に引き出す。

「うおおおおっ！」

特大マッタケの傘がひっくり返るほどのきつい摩擦を亀頭に受け、全身に鳥肌が立つほどの凄まじい快感が倫太郎の勃起ペニスを襲った。そして、それは朋子夫人の尻穴も同じだった。

「はおおおおおんっ！　お、お尻の穴をこすられて……き、気持ちいいっ！」

不意を突かれた朋子夫人は、床に伏せていた上体を反射的に持ち上げて四つん這いになった。これまで倫太郎は中腰の体勢を取り、朋子夫人の尻山の上から杭を打ち込むように勃起ペニスを挿入していたが、朋子夫人が四つん這いになったことで、ひざまずいて勃起ペニスをほぼ水平にストロークすることができるようになった。

倫太郎は三本指でのクリトリス嬲りをつづけながら、直腸粘液にまみれた肉茎をもう一度ゆっくりと朋子夫人の尻穴に押し込んでいく。

「うううううんっ！　こ、今度は内臓ごと串刺しにされてるみたいだわっ！」

朋子夫人の直腸も肛門括約筋も相変わらず凄まじい責めを倫太郎の勃起ペニスに見舞ってくるが、倫太郎もアナル名器が弛緩するタイミングを見計らってストロークをつづけ、抜き挿しのスピードを次第に上げていく。

「はううんっ！　お尻の穴が……も、燃えるように熱くなってきたわっ！　それに、太い杭でお腹《なか》の中をかき回されてるみたいっ！」

「わ、私のチ×ポも……朋子さんのお尻の穴でシゴかれて……先っぽを、ちょ、直腸にしゃぶられているみたいですっ！」

朋子夫人の天性のアナル名器は、最初から自身と倫太郎に途轍もない快感を与え、草柳尚子理事長と高田真知子夫人のアナルで鍛えられた倫太郎の勃起ペニスは、お互いの快感を異次元の高みへと導いた。そして二人同時に、歓喜の時と断末魔を迎えようとしている。

「は、林先生っ！　わ、私、イキますっ！　イクッ！　イクッ！　イクッ！」

「朋子さん、私もイクッ！　朋子さんの尻穴で……イクッ！」

朋子夫人は、後ろ足で立ち上がっていななく暴れ馬のように、背中を反らして膝立ちし、膣穴から大量の牝潮を噴射すると、倫太郎も下腹を朋子夫人の尻山に打ちつけて直腸の奥深くに吐精した。

朋子夫人はクッション材が敷き詰められた洗い場の床に身を横たえ、初めてのアナル潮噴き絶頂の余韻に浸っている。均整の取れた純白の身体を悶えさせる姿は、さながら生殺しの白蛇のようだ。傍らにたたずみ、朋子夫人の美しい裸身を見下ろす倫太郎の目には、陰部を覆う漆黒の陰毛がことさらに目立って見える。

倫太郎は身悶えの治まった朋子夫人の身体をそっと抱き上げ、大人三人がゆったりと浸かることができる総檜造りの湯船に入り、朋子夫人をお姫様だっこしたまま湯船の底に腰を下ろした。熱めの湯が激しいアナルセックスで疲れた身体に心地よい。

朋子夫人はまるで長年の恋人のように倫太郎に身体を委ね、はにかむように顔を伏せて話しかける。

「林先生のおっしゃったとおりでしたわ。お尻の穴で交わるのがこんなに気持ちいいなんて……私、この歳《とし》まで知りませんでした」

「そうですか。それはよかった」

「それに、お潮といっしょに身体の中の老廃物やモヤモヤも噴き出た感じで、こんなにスッキリとしたのは久しぶりです。吉彦への邪な気持ちも、憑《つ》きものが落ちたように消えてなくなりました」

「それは何よりです。朋子さんのお役に立てて、私も頑張った甲斐があるというものですよ」

朋子夫人は伏せていた顔を上げると、倫太郎の目を見つめ、何か言いたげな表情を見せる。

「何か、望みごとがおありで？　言ってみてください」

朋子夫人は再び顔を伏せ、消え入りそうな声で望みを告げる。

「林先生もお気づきでしょうけど、私、アソコの毛が濃いのです」

「はあ」

「腋《わき》の下はエステに行って脱毛してもらいましたが、アソコだけはどうしても他人に見られるのが恥ずかしくて……」

引退して年月を経ているが、元女優の代議士夫人としてしばしば週刊誌に取り上げられるだけに、若いエステティシャンにも顔を知られている。彼女たちに色素沈着の進んだ陰裂や、鶏のトサカのようにほころびの大きい小陰唇を、見られたり触られたりすることに抵抗を覚えるのだろうということは、倫太郎にも想像がついた。

だが、そんな話をなぜ、今ここで持ち出すのか？

「ま、まさか、私に陰毛の処理を手伝えと？」

「だ、駄目ですよね、こんなに厚かましいお願い……先生、今の話はもう忘れてください。私、穴があったら入りたいわ」

倫太郎の中でドス黒い欲望が渦巻き、ありったけの精液を吐き出して萎えたペニスに、ドクドクと血液が音を立てて流入する。そんなドス黒い欲望の前では「本物セックスはもちろん、オマ×コに触ったりキスしたりするのも駄目よ」という尚子理事長との約束も塵に同じだ。倫太郎は心の中で、これはセックスを前提とした愛撫ではなく、エステの脱毛処理だと言い訳した。

「嫌だなんて、とんでもないっ！　よ、喜んでさせてもらいますっ！」

「ほ、本当によろしいんですの？」

「もちろんです。どうすればいいので？」

「洗面台の右の一番下の引き出しに、ブラジリアンワックスのセットがあります。それとバスタオルを何枚か取ってきていただけますか？」

ハイレグやTバックの水着を愛用するブラジルの娘たちが、陰部の毛を処理するのに使うので、そんな名前がついたと聞いたことがある。

倫太郎は目当ての物と数枚のバスタオルを手に浴室に戻ると、朋子夫人が先ほど牝潮をしぶかせた床にバスタオルを敷き、その上に朋子夫人を仰向けに寝かせた。

「説明書によれば……ええと、水分や汚れをよく拭き取り、脱毛したい部分に木のヘラで粘着性のあるワックスを塗り、布で上から押さえる。その布を一気に引き剥がして、毛をまとめて抜くとあります。痛そうですけど、大丈夫ですか？」

朋子夫人は黙って目を閉じる。承諾のサインと受け取った倫太郎は夫人の足元にひざまずき、両脚を大きく開かせると、別のバスタオルで朋子夫人の下腹から陰裂、肛門まできれいに拭いてやる。

「では、端の方から一センチ×三センチの範囲にヘラでワックスを塗っていきます」

厳かに宣言した倫太郎だったが、朋子夫人の陰裂から立ち昇る強烈な淫臭にクラクラして手が滑り、恥丘を覆う陰毛に大量のワックスをこぼしてしまった。

「す、すみません。すぐに拭き取りますから……」

倫太郎は朋子夫人の股間を拭いたバスタオルでワックスを拭き取ろうとしたが、それが間違いの元だった。倫太郎がバスタオルで押さえたためワックスは濃い陰毛とバスタオルの双方にくっついてしまい、倫太郎がそのバスタオルを力任せに引き剝がしたから、朋子夫人はたまらない。

「うぎゃぁぁぁぁぁぁぁぁぁっ！」

浴室中に朋子夫人の悲鳴が響きわたった。倫太郎が朋子夫人の股間に目をやると、なんとさっきまでフサフサとしていた陰毛が跡形もなく消え、わずかに赤みを帯びた無毛の恥丘が見えた。

「と、朋子さん、毛がきれいに抜けてますよ」

痛みを覚悟する前に激痛に襲われた朋子夫人は、涙に濡れた目で下腹を自分の眺めて、目を見張った。

「ほ、本当だわっ！　ものすごく痛かったけど、嘘みたいにツルツルになってる！」

痛みに反応したのか、クリトリスが屹立して陰核包皮から頭を覗かせている。やはり、朋子夫人もマゾっ気があるようだ。

「では、つづいて大陰唇の毛を抜いていきますよ。今度は慎重にやりますね」

倫太郎は朋子夫人の両脚をM字に開かせ、膝を左右に倒す。スラリと伸びた両の太ももが一直線を描き、朋子夫人の生殖器官のすべてが倫太郎の目の前に晒された。

大陰唇を覆う漆黒の陰毛はまるでウニの棘《とげ》のようで、その間からほころび出た小陰唇はピンク色のウニの身のようだ。痛みに反応したらしく、先ほどバスタオルで拭いたにもかかわらず、蜜液をしたたらせている。倫太郎は新しいバスタオルで大陰唇と小陰唇、膣穴の入口を拭ってやらなければならなかった。

「まずは右の大陰唇から」

倫太郎はほころび出た小陰唇に触れないように、大陰唇を覆う陰毛に慎重にワックスを塗っていく。そして、セットに入っていた不織布の一枚をその上にかぶせると、気合もろとも大陰唇の下から上に向かって不織布を一気に引き剝がす。

「あうっ！　い、痛いけど、今度は覚悟してたから……さっきほどじゃなかったわ」

左の大陰唇も同じように脱毛した。朋子夫人の口からこぼれたのは、悲鳴ではなくは喘ぎ声だった。膣穴から湧き出た蜜液が、会陰から肛門の周囲にかけて残された剛毛を濡らす。

「では、最後に肛門の回りの毛を抜きます」

倫太郎は朋子夫人の両膝の裏側に手を当ててグイッと持ち上げ、朋子夫人の上体を逆さまに垂直に立てると、朋子夫人の両足はその美しい顔の両脇に落ちた。いわゆるマングリ返しの体勢だ。倫太郎の目の前で、生い茂る尻毛の中にひっそりと息づく可憐な肛門の窄まりが、次に起きることを催促するようにヒクついている。

倫太郎は、今度は窄まりに触れないように、会陰から肛門の周囲にかけての尻毛にワックスを塗り、不織布を押し当てる。

「いいですね、これが最後です。頑張ってください。それっ！」

倫太郎は今度は会陰側から肛門の方向に不織布を引き剥がした。すると、倫太郎が予想だにしなかった事態が出来《しゅったい》した。

「はうううううんっ！　イクッ！」

朋子夫人はなんと、絶頂を告げると同時にたわめていた背中を反らし、腰を跳ね上げた。そればかりか、天井に向かって牝潮を噴き上げたのだ。

自らが噴き上げた牝潮を浴びる朋子夫人の顔は、出産直後の妊婦のように解脱した表情をしている。

「朋子さん、ブラジリアンワックスでイッって、潮まで噴くとは……本物のマゾだったんですね」

「私、こんなことになるなんて……は、恥ずかしいわっ！」

倫太郎は朋子夫人のマングリ返しを解き、シャワーからぬるま湯を出してやや赤みを帯びた脱毛直後の皮膚にかけてやる。

「は、林先生、優しいのね。ありがとうございます。ちょっと染みるけど、それもまた気持ちいいわ」

倫太郎がシャワーを元に戻して振り返ると、朋子夫人が倫太郎の足元に正座し、勃起ペニスをつかんだ。倫太郎は元女優にして美しい代議士の妻の脱毛にばかり気を取られて、自分のペニスが痛いほど勃起していることに気づいていなかったのだ。

「ブラジリアンワックスをした直後は、セックスは控えた方がいいそうなので、林先生、今夜はこれで我慢してくださいね」

朋子夫人はそう言いと、心の籠ったフェラチオで倫太郎に射精させ、この夜二度目の吐精とは思えないほど大量の精液を飲みほした。

その数日後、時の総理大臣は内閣改造を断行し、朋子夫人の夫、柳沢保夫は環境大臣として念願の初入閣を果たした。週末に帰宅する以外は、東京の議員宿舎に泊まり込んで政務に励む日々だ。

倫太郎は約束どおり、週に一回のペースで柳沢邸を家庭訪問し、アナルセックスで朋子夫人に牝潮を噴かせているのだが、想定外だったことが一つだけある。

ブラジリアンワックスでの脱毛はふつう二、三週間はツルツル状態を持続できるはずだが、もともと毛深い朋子夫人は、一週間もするとかなり生えそろってくる。そのため、倫太郎が家庭訪問してアナルセックスをしたあとは必ず、ブラジリアンワックスによる脱毛を施すこととなった。最後に朋子夫人の肛門の周囲にワックスを塗り、尻毛が貼りついた不織布を思い切り引き剝がすと、夫人は今ではマゾの本性を隠そうともせず、その痛みによって絶頂に達し、牝潮を噴き上げるのだった。

そして、倫太郎は、元清純派人気女優にして、今やこの国の大臣夫人となった美熟女の陰毛を抜く作業を心から楽しみ、誇りにさえ思っている。

第四章　ミニスカCAの太もも

　大学受験への影響から、体育祭を春に行う学校が増えているが、瑞星学園では建学以来の伝統に従って秋に行われる。その体育祭を一週間後に控えたこの日、グラウンドで各競技の練習に励む生徒たちの中には、蔦の絡まるレンガ造りの本館二階の理事長室の窓枠に両手を突き、校庭を見下ろす草柳尚子理事長の姿を見つけた者もいるはずだ。

　ゆるやかにウェーブがかかったセミロングの黒髪、北欧系ハーフのような高貴な顔立ち、量感豊かに熟れた身体を包む高級ブランドのジャケット……いつもと変わらぬ理事長のように見えるが、もしも視力と注意力に優れた生徒がいたら、その眉は八の字に歪められ、色鮮やかな紅を引いた唇はだらしなく開かれ、美しい顔が苦しげに喘ぐ様を見て取っただろう。だが、その優秀な観察者も、草柳理事長がスカートとパンティを脱ぎ去り、腰から下につけているのは黒いガーターベルトで吊ったシーム入りの黒ストッキングだけというあられもない姿だと気づくことはできない。

「はうっ！　じゃあ、柳沢吉彦君と母親の朋子さんの一件は……無事に、か、片づいたというわけね」

窓枠に両手を突いて上体を前傾させた尚子理事長は、後ろを振り向いて尋ねる。

「はい、柳沢はもう大丈夫です」

草柳尚子理事長の背後に立ち、剝き出しになった尻を両手でつかんだ国語教師、林倫太郎は、尚子理事長の豊かな尻山の狭間で黒光りする肛門の窄まりに勃起ペニスを突き入れながら答えた。いつもは尚子理事長が自分の執務机に両手を突いて立ちバックの体位で行うが、きょうは尚子理事長の発案で窓の外を眺めながら行っている。

尚子理事長がそんな提案をしたのは、あまりに素晴らしい秋晴れの好天に誘われたことも一因だが、とある生徒を校庭の片隅に見つけたからだった。

「林先生、はうううんっ……あ、あそこの藤棚の下でスケッチしている生徒、あなたのクラスの……はうんっ、村上《むらかみ》君でしょ？」

倫太郎が尚子理事長の肩越しに校庭を見ると、そこにいるのは確かに、自分が担任するクラスの村上耕司《こうじ》だった。部活で美術部に所属している。

「ええ、そうです。村上が何か？」

尚子理事長が喘ぎながら、ときに呻き声交じりに話した内容はこうだ。

美術部顧問の教師、橋田美登里《はしだみどり》が部室でスマートフォンの忘れ物に気づいた。誰のものかと電源を入れたところ、ロック画面に太ももも露なミニスカートの制服姿の熟女が写っていた。そこに、村上耕司が置き忘れたスマホを取りに戻ってきて、そのスマホが村上のものだとわかった。

男子高校生がスマホのロック画面や壁紙に女性のきわどい写真を使うのは珍しいことではない。かく言う倫太郎もスマホの壁紙に、密《ひそ》かに尚子理事長の尻山をアップで撮った写真を使っている。もちろん、その中心には肛門の窄まりが鎮座する。

「性器がモロに見えたりする違法写真でない限り、いくら生徒でも個人の趣味をとやかく言うのは……」

倫太郎はそこまで言いかけて、はたと思い出した。

「ちょっと待ってください。そう言えば、村上の母親は最近、制服をミニスカートにして話題を呼んだ格安航空会社のＣ　Ａ《キャビンアテンダント》です。もしかしたら、そのロック画面の写真は、村上の母親を写したものかもしれません」

「村上君は東京芸大を目指してるのに、このところ絵に集中できないようだって、橋田先生が心配していたわ。調べてみてちょうだい」

三者面談で会った村上耕司の母親、美咲《みさき》は膝下まであるゆったりした紺色のワンピースにライトグレーのジャケットを羽織り、化粧も薄めだった。どちらかと言うと地味なタイプで、ふだんからミニスカートを穿くようなタイプではなさそうだった。

学園に提出された資料によると、村上耕司の父親、村上幹夫《みきお》は大手食品会社に勤めるサラリーマンで、母親の美咲は航空会社のCAという共稼ぎ世帯だ。幹夫は世界中から食品の原材料を調達する部署にいるため、一年の三分の二は海外に出張しているという。子供は耕司だけだ。

そんな家庭環境で育った村上耕司はもともとマザコンで、日ごろ見慣れない母親のミニスカートからニョキッと伸びる太ももを見て、大好きな絵にも集中できなくなってしまったのか？

尚子理事長とは三日に上げずアナルセックスをしているが、尚子理事長の肛門の窄まりは相変わらず肉茎の根元をキュッ、キュッと締め上げてくる。直腸粘膜によるフェラチオは以前よりもまったりと、そして激しくもてなしてくれる。

話を終えた倫太郎は、尚子理事長の尻穴を突き上げるペースを上げ、五分ほどで尚子理事長を潮噴き絶頂に導き、自らも尚子理事長の直腸の奥深くに射精した。

尚子理事長が床にしぶかせた牝潮の始末をして理事長室を出た倫太郎が教員室に向かって歩いていると、大判のスケッチノートを小脇に抱えた村上耕司と出会った。

「よお、村上、ちょっと話があるんだけど、時間はあるか？」

担任教師から不意に声をかけられた耕司は一瞬、ギョッとした表情を見せる。

「ど、どうしたんですか、林先生。時間は……大丈夫ですけど」

倫太郎が耕司を生徒指導室に連れ込み、スマートフォンの写真の一件について問いただすと、耕司は意外にも、素直に母親への気持ちを打ち明けた。

「ママが去年の暮れに今の航空会社に転職するまでは、僕にとってママなんて、口うるさいただの母親だったんです。でも、ママがその会社に移った直後、CAの制服がミニスカートに代わって、ママが新しい制服を着た映像が、テレビや雑誌なんかでたくさん紹介されたんです」

「そうか。それで、週刊誌か何かに載った写真のうちの一枚を、スマホのロック画面にしたんだな」

「それは違います。そんな汚《けが》れた写真なんか見たくもありませんよ」

それまで淡々と話していた耕司が、吐き捨てるように言った。

「マスコミで紹介された写真が汚れているって言うのか？　どうしてだ？」

「僕も最初は、ママが有名人になったみたいでうれしかったんです。でも……」

耕司は話すことをためらった。

「でも、どうした？」

「ママが載った記事をネットで検索していて、あるサイトを見つけたんです。そこでは、何人もの男たちがママの写真をオカズにオナニーしたとか、ママが勤務する飛行機に乗って盗撮してやるとか、身体に触ってやるとか……いやらしい言葉がママの写真や動画といっしょに投稿されていたんです。それを見たら、アイツらにママを取られたような気持ちになって……」

「じゃあ、お前のスマホの写真は？」

「ママが制服を家で試着しているときに撮った写真です」

「それで村上は、お母さん本人に対してはどうなんだ？」

「そんなことがあるまでは、思ったこともなかったけど、アイツらにママを取られないためには自分のものにするしかないと……」

「自分のものって……まさか」

「はい。ママとセックスがしたいんです。そうすれば、アイツらがママの写真で何回オナニーをしようと、僕の方が上ですからね」

「そうか。で、お母さんはなんて言ってるんだ？」

「親子でそんなことはできないの一点張りで……無理やりレイプしたら、アイツら以下になっちゃうから、悩んでいるんです」

とてもではないが、こんなに思い詰めている耕司に、近親相姦はよくないと言ったところで無駄だ。かといって、ただ単にセックスのはけ口を求めているわけではないので、ほかの女性をあてがっても無意味だろう。

「そうか、先生によく正直に話してくれたな」

「高田や柳沢が僕のことを心配して、林先生に相談してみたらって言っていたのを思い出したんです」

村上耕司が素直に告白した背景には、これまでに実行した二つのミッションがあったわけだ。倫太郎がミッションを果たした方法までは知らないだろうが……。

「そうか。頼りにしてくれて、うれしいぞ。まあ、取りあえず、変なサイトを覗くのはやめておけ。それと、あんまり思い詰めないようにな」

倫太郎はそれだけ言って、耕司を帰した。やはり、母親に直接当たってみるしかなさそうだ。倫太郎は生徒指導室からスマホで村上家に電話した。運よく母親の美咲が電話に出た。

型どおりの挨拶のあと、倫太郎が近々家庭訪問したいと告げると、美咲は「明日はフライトがないので、何時でも大丈夫です」と答えた。担任教師が突然、家庭訪問したいと言うと、ほとんどの親が何ごとかと警戒するものだが、美咲は警戒するどころか、逆に「ちょうどよかったですわ。ご相談したこともございまして……」と歓迎する言葉さえ口にした。

いやはや、実の息子とセックスをしたがる母親のミッションの次が、実の母親とセックスをしたがる息子だとは……。

村上耕司の家は、鎌倉の隣の逗子《ずし》市の海岸沿いに建つマンションの最上階で、近くには有名なヨットハーバーがある。

翌日の午後、家庭訪問した倫太郎は、バルコニー越しに相模湾《さがみわん》と江《え》の島《しま》、その彼方《かなた》に富士山《ふじさん》や伊豆《いず》半島を見晴らすリビングルームに通された。

驚いたのは、出迎えてくれた美咲夫人が、問題のミニスカートの制服を着ていたことだ。

倫太郎が応接セットの三人掛けソファに座ると、美咲夫人はテーブルを挟んで向かい合わせのソファに腰を下ろし、美咲夫人は紅茶を注いだティーカップを差し出し、顔を赤らめて言い訳を始めた。

「実は、ご相談があると申しましたのは、この制服と関係がありまして……それで、思い切ってこんな格好でお出迎えしました。この歳になって、こんなに短いスカートなんて……お見苦しいものをお見せして申し訳ありません」

耕司のスマホの写真もネットに投稿された写真も見ておらず、美咲夫人の制服姿を初めて目にする倫太郎は、頭の天辺《てっぺん》から足の指先まで舐めるように観察する。

セミロングのボブヘアが、下膨れの顔を童顔に見せる。だが、クッキリと濃い眉の下にある女豹のように鋭い瞳、高く通った鼻筋、高い鼻尖《びせん》、張り出しのやや大きい鼻翼は意志の強さを物語る。女としての脆《もろ》さと強さが、その顔に表れているようだ。

ライトブルーのジャケットに白いブラウス、首には淡いオレンジ色のネッカチーフを巻いている。上半身はいかにもCAの制服だが、ジャケットと同色のタイトなスカートの丈は、立っていても太ももの半ばまでしかない。

百七十センチ近くありそうな長身でスリムな体型。タイトミニのスカートがスラリと伸びた美脚を強調するが、それだけにCAフェチのスケベ心をよけいに刺激するのは避けられない。

こんな制服を着て座席の上の荷物入れに手を伸ばしたり、飲み物を提供するのにかがんだりすれば、耕司の敵であるアイツらの思う壺。太ももはもちろんスカートの中まで盗撮の餌食になるに違いない。

頭の中で盗撮映像を想像した倫太郎は、ペニスの海綿体に血液を流入させながら、そんなことはおくびにも出さずに答える。

「いいえ、お母さん、謝られる必要はありません。私もこの制服のことで来たので、ちょうど好都合です」

ソファに腰かけている今、タイトスカートの布地は尻山に引っ張られ、どこかのリゾート地にフライトしたときにビーチかホテルのプールで焼いたのか、淡い小麦色のスラリとした太ももが、つけ根ギリギリまで露になっている。正面から見れば、透明に近いパンティストッキング越しに、パンティの股布がハッキリと見えるに違いない。

その代わりに、倫太郎に対して斜めに腰かけている美咲夫人のプリンと丸い尻山の半分が露になっており、そこからくびれたウエストにつながる流れるような曲線美を愛《め》でることができる。アラフォーという年齢にもかかわらず、体形の崩れがほとんど見られないのは、CAという仕事柄、常に乗客の目を意識しているからかもしれない。

乳房の大きさはジャケットに隠れて確かめることができないが、スカートの丈は高校生の息子がいるアラフォーの母親が穿くには短すぎるし、おまけに息子の担任教師にエロい姿を晒すことで発情したのか、全身から濃厚なフェロモンと脳髄を痺れさせる淫臭を放っている。自ら進んで恥ずかしい姿を晒すことで、性的な興奮を得る露出癖があるのかもしれない。

三者面談のときの清楚な母親というイメージは欠片《かけら》もなく吹き飛び、今の美咲夫人は、近寄る牡の生殖本能を刺激せずにはおかない牝獣そのものだ。

「まずは、お母さんのお話から聞きましょうか。その制服を着ておられる理由は、どういうことでしょうか」

制服という言葉を聞いた美咲夫人は、小さく「ひっ！」と声を漏らし、身を固くした。過剰とも言える反応だ。

「は、はい、それは……耕司に関係することなのです」

「耕司君に関係する？　というと？」

「そ、それは……」

言いにくそうにして身をよじる美咲夫人に、倫太郎は助け船を出してやる。

「実は、美術部顧問の橋田先生が、耕司君がこのごろ絵を描くことに集中できないようだと言っておりまして……」

「そうですの？」

「このままでは東京芸大は危ないかもしれないとも。こうなると、担任教師としては放置できません。耕司君の変化について、お母さんに心当たりがないかと思って、こうして家庭訪問した次第です」

「こ、心当たりは……」

「その制服ですね、耕司君を悩ませているのは」

自分の息子が担任教師に打ち明けたことを知らない美咲夫人は倫太郎に、その慧眼《けいがん》と生徒を思う気持ちに感服した眼差しを送る。さらに、倫太郎の邪な下心を知らない美咲夫人は、この先生にならすべてを話しても大丈夫だと勘違いをし、母と子の秘密を打ち明けた。

「大学卒業後ずっと勤めていた航空会社を昨年暮れにリストラされ、今年の春に今の航空会社に転職しました。すると、入社したばかりのときに、上司から新しい制服のモデルになってほしいと言われまして……無下にも断れず、家に持ち帰って試着していたんです。そこにたまたま耕司が帰ってきたので、いろいろなポーズを耕司のスマホで撮影してもらいました。スカートが今のように、太ももの上の方までずり上がってしまったものがありました。耕司は見せてくれませんでしたが、パンティが写ってしまったものまであったようです」

村上耕司のスマホにあった写真は、そのときに撮ったものだろう。

「そのときは、耕司に特に変わったところはありませんでした。でも、制服を着た私の写真や動画がマスコミで紹介されるようになって、しばらくたったときでした。フライトを終えて制服のまま帰宅すると、耕司が涙ながらに『ママを誰にも渡したくないから、僕のものになって』と言って抱きついてきたんです。オチ×チンを大きくしていましたから、耕司が私とセックスをしたがっているのはわかりました。そして、泣きながら懇願する耕司の一途《いちず》さにほだされて、思わず……」

村上耕司は母親にセックスを断られたと言っていたが、嘘だったのか？

「そのままセックスを？」

「まさかっ！　実の親子でそんなことができるわけがありませんわっ！」

「じゃあ、一途さにほだされて、何を？」

美咲夫人は長い睫毛を震わせて恥ずかしそうにうつむき、膝の上に置いた手を見つめる。

「はい……思わず『耕司のオチ×チン、ママが手で慰めてあげるわ』と言ってしまったんです」

「手コキですか……」

倫太郎は無意識のうちに、ティーカップとソーサーを持つ美咲夫人の手を見つめる。CAの仕事は意外と重労働だと聞いたことがある。美咲夫人の手指は意外と骨太だが、柔らかさとしなやかさも見て取れる。この手で勃起ペニスをシゴかれ、睾丸《こうがん》を揉み込まれたらどんなに気持ちいいか……美咲夫人は、神妙そうな顔をして話を聞く息子の担任教師がそんな妄想を働かせ、ペニスの海綿体に血液を流入させつづけていることなど思いも寄らないだろう。

「でも、高校生だと、一日に一回射精したぐらいでは満足しないでしょう」

「はい。私が休みで家にいるときは、朝起き抜けに一回、学校から帰ってきたときにもう一回、寝る前にさらに一回はしてやっていました」

こんな美しい母親から一日に三回も手コキしてもらうとは、なんと贅沢な！

一日三回のオナニーをしていた高校時代を思い出した倫太郎は、気づかれないように唾を飲み込み、声が裏返らないように注意して質問をつづけた。

「それから、どうなりました？」

「さ、最初は、耕司もそれで満足していたんです。でも、だんだんと物足りなくなってきたらしくて、またセックスを迫ってくるので……」

「高校生の性欲には限りがありませんからね。それで？」

「はい。今度は、お、お口で……」

代議士の夫に構ってもらえない欲求不満を実の息子にぶつけようとした柳沢朋子夫人に比べて、真っ当な倫理観を持つ母親には違いないが、それでも実の息子にフェラチオまで施してやっていたとは……。改めて眺める美咲夫人の唇は、上下ともにポッテリとしているうえに、下唇がわずかに突き出た受け唇だ。

「耕司くんは近ごろでは、一日三回のフェラチオでも満足しなくなってきたということですね？」

フェラチオをするためにあるような唇で毎日のように一日三回も抜いてもらっているのに、まだ不満だとは……。

理不尽とは知りながら、倫太郎は教え子への嫉妬を抑えることができなかった。

「そうなんです！　先生、耕司の欲求を満足させて、勉強と絵画に集中させる……何かいい方法はないでしょうか？」

美咲夫人は懸命になるあまり、テーブル越しに倫太郎に向かって上体を乗り出してきた拍子に、ジャケットの前をとめていたボタンが外れ、白いブラウスに包まれた乳房が全容を現した。今にもボタンを弾き飛ばしそうに、身体にピタリと張りつく布地を内側から突き上げている。

話しているうちに発情が進んだのか、牝臭がいっそうきつくなり、フェロモンも濃くなったようだ。腰をモジモジさせ、太ももをこすり合わせている。ここまで露骨に媚態を見せるなら、相手が生徒の母親でも遠慮は無用とばかりに、倫太郎は美咲夫人に向かって股を寛げ、勃起ペニスに突き上げられたスラックスの膨らみを見せつける。目ざとくそれを認めた美咲夫人は、口をOの字に開き、辛うじて驚きの声を呑み込んだ。倫太郎はその反応に満足し、追い討ちをかける。

「お母さん、もう一つ、お悩みがあるのでは？」

倫太郎の股間の膨らみを見つめていた美咲夫人は、ハッとして倫太郎の顔を見て、すぐに目を伏せた。もう一押しだ。倫太郎は美咲夫人に言い訳を与えてやる。

「すべてを正直に話していただかなければ、ちゃんとしたカウンセリングはできませんよ。お母さん、耕司くんのためだと思って、話してください」

「そうですわね……こ、耕司のためですものね」

意を決した美咲夫人が倫太郎に向かって座り直すと、タイトスカートと両の太もものつけ根が作る三角地帯が、倫太郎の目に飛び込んできた。透明に近いパンティストッキングの下に穿いているのは、黒いレースのハイレグパンティだ。股布は鋭く切れ上がっているにもかかわらず、陰毛の黒い翳りはまったく見られない。完璧な脱毛処理が施されているに違いない。あるいは、ときおり自分でブラジリアンワックスでも使って処理しているのだろうか。

倫太郎は今にも陰裂に食い込んでしまいそうな股布を見つめながら、美咲夫人が自分自身の秘密を打ち明けるのを待つ。美咲夫人は倫太郎の股間の膨らみを見つめて話し始めた。

「耕司のオチ×チンに……手コキやフェラチオをしているうちに、ど、どうしようもなく欲しくなってしまうのです」

「欲しいとは？」

「身体が火照ってきて……アソコが疼いてしまうんです」

「アソコじゃあ、わかりませんよ」

「は、林先生、私にそこまで言えと？　女の口から言えるところでは……」

「では、どこが疼くのか、動作で示してください」

倫太郎は実際に動作で見せるよりも、言葉で告げる方が恥ずかしくないと思うのだが、美咲夫人は動作を選んだ。

ピッタリとくっついていた美咲夫人の両膝がゆっくりと離れていき、スラリとした両の太ももが左右に割れる。両の太ももの角度が九十度を超えたところで、つけ根ギリギリまで引き上げられていたスカートの裾が裏地を見せてまくれ上がり、臍のすぐ下まで露になった。

薄暗かった三角地帯が柔らかな秋の陽光に晒され、ハイレグの股布では覆いきれない無毛の恥丘が、パンスト越しに浮かび上がる。淫臭がさらにきつくなり、レースのハイレグパンティばかりかパンストにまで染みが広がっている。蜜液の流出も多いようだ。

「お母さん、よくわかりました。耕司くんのお母さんへの気持ちと、お母さんのアソコの疼きを同時に解決する一石二鳥の方法があります」

「な、なんですの？　その一石二鳥の方法って」

倫太郎に向けて大きく開いた脚を閉じることも忘れ、美咲夫人が藁《わら》にもすがる懸命な思いも露に尋ねる。

「その前に、ちょっと確かめたいことがあります。まずはお母さんが耕司君にしているとおりに、私にしてみてもらえますか？」

「わ、わかりましたわ。じゃあ、先生、ちょっとお立ちになってください」

美咲夫人もほかのセレブ夫人たちと同様に、一度決断すれば、そのあとの行動に迷いがない。倫太郎が上着を脱いで立ち上がると、足元にひざまずき、慣れた手つきで倫太郎のスラックスのベルトを外してファスナーを下ろし、トランクスといっしょに足首まで一気に引き下ろした。倫太郎の勃起ペニスがブルンと音を立てて現れ出て、腹を打たんばかりに反り返る。

「まあ、すごい！　耕司のオチ×チンも大きい方だと思っていましたが、林先生のは一回りは大きいですわ」

美咲夫人はワイシャツ姿で仁王立ちする倫太郎の足元に正座し、右手で勃起ペニスを握ってシゴきながら、左手のひらに睾丸をのせてあやす。美咲夫人の手を観察して思ったとおり、肉茎を握る力は強く、ストロークも高速だが、その一方で、指の一本一本はしなやかで、肌はスベスベだ。そのため、美咲夫人の手コキは、勃起ペニスにほどよい痛みと強烈な快感を同時に与えるのだ。

「おおおおおっ！　お、お母さん、気持ちいいですっ！」

その極上の手コキを施してくれているのが教え子の美しい母親で、しかもミニスカ制服を着た本物のＣＡなのだ。村上のヤツ、高校生の分際で、こんなに贅沢な手コキをしてもらっていたのか。だが、それは序の口に過ぎなかった。

倫太郎の感激の言葉を聞いた美咲夫人はつづいて、勃起ペニスの鈴口からこんこんと湧き出る先走り汁を右手のひらにすくい取り、パンパンに膨らんだ亀頭を包み込んでズリッ、ズリッとこねるように塗りつけている。左手は両の睾丸をグリグリとこすり合わせるように揉み込んでくる。倫太郎の背筋を強烈な快感が突き抜ける。

「くううううっ！　き、気持ちよすぎます。耕司君はこんなに気持ちのいい手コキでも満足しないんですか？」

「最初はものの一分ほどでイッていましたが、そのうちに私の腕が疲れ果てるまで時間がかかるようになってしまって……」

美咲夫人は、倫太郎が天井を仰いで身悶えするのを気にも留めせずにソファに座らせ、今度は倫太郎の両脚の間に入ってひざまずく。

「それで仕方なく、こんな風にフェラチオをするようになったのです」

美咲夫人は両手で勃起ペニスを捧げ持ち、右の睾丸を口に含んだ。秋とは言え半日以上もトランクスの中で蒸れ、かなり臭うはずだ。しかし、美咲夫人は嫌な顔一つ見せず、陰嚢《いんのう》のシワの一本一本を舌先を掘り起こすようにしゃぶる。

「おおおおっ、お母さん、そ、そんなことまで……」

美咲夫人が右の陰嚢のシワが伸びて睾丸がダラリと垂れると、今度は左の睾丸に同じ玉しゃぶりを施す。

両の睾丸をしゃぶり終えると、勃起ペニスを下腹に押しつけた。そして、女豹のような鋭い眼差しで倫太郎の顔を見つめ、伸ばした舌全体で勃起ペニスの裏側を根元から先端に向かって舐め上げ、亀頭をスッポリと口に含んで二度、三度と顔を上下させる。そのときも舌で裏筋をチロチロと舐め、唇で亀頭のエラを刺激することを忘れない。

「林先生のオチ×チン、耕司のより大きいから、くわえるのも一苦労ですわ。でも、大きなオチ×チンって、素敵っ！」

そして、美咲夫人は同じ口技を何度も飽きもせずに繰り返し、射精に達する九合目あたりの快感を倫太郎のペニスに与えつづける。

「あああああっ！　これこそ羽化登仙……天に登っているように気持ちいいっ！」

「先生、イキたくなられたら、言ってくださいね。全部飲んでさしあげますわ」

美咲夫人に主導権を完全に握られ、このままではアナルセックスを指南するどころか、巧みなフェラチオで呆気なく口内射精させられ、面目丸つぶれだ。

何とかしなくては……。

だが、倫太郎の理性もそこまでだった。下腹の奥で熱い塊ができ、射精への導火線に火がついたのだ。もう引き返すことはできない。

「おおおおおっ！　お、お母さん、も、もう駄目ですっ！」

すると、女豹が獲物を仕留めるときのように、美咲夫人は目に鈍い光を宿し、突如として手と口を総動員して激しく責め立ててきた。右手で勃起ペニスの肉茎をシゴき、左手で両の睾丸を揉み込む。さらに、亀頭を喉奥まで呑み込んで激しく吸引しながら、頭を上下に振る。亀頭粘膜は狭隘な喉奥の粘膜の荒々しいもてなしを受けると同時に、ザラついた舌の腹で裏筋を摩擦される。

現役ＣＡで高校生の母親でもあるセレブ美女が、ベテランの風俗嬢もかくやと思われる超絶技巧で勃起ペニスを責め抜いているのだ。

しかも、男の憧れでもあるＣＡのミニスカ制服を着ている。そんな視覚効果が勃起ペニスの快感を二倍にも三倍にも膨らませ、倫太郎はまったく抵抗できないまま、断末魔を迎えた。

「こ、耕司くんのお母さんの口に……出るっ！　出るっ！　出るっ！」

倫太郎は思わず美咲夫人の頭を両手でつかんで固定し、喉奥に向かって勃起ペニスを突き入れた。

「す、すごいっ！　こんなに気持ちのいいフェラチオは……は、初めてだっ！」

「ウガッ！　ウゴッ！　ウグッ！」

大量の精液の塊が美咲夫人の喉奥を次々と襲い、そのたびに美咲夫人は呻き声をあげながらも嚥下《えんか》していく。

倫太郎の長い吐精が終わると、美咲夫人は鈴口に口づけし、まるでストローでジュースでも飲むように、尿道に残った精液を最後の一滴まで吸い上げた。最後に、自らの唾液にまみれたペニスに入念なお掃除フェラを施すと、完全に萎えたペニスをトランクスとスラックスの中にしまい、ファスナーを上げ、ベルトを締める。倫太郎は、美しい宮廷女官にかしずかれる王様のようだと思った。


倫太郎は会心の射精の余韻に浸りながら、耕司がなぜこれほど気持ちのいい手コキやフェラチオで満足できないのかについて考えていた。そして、耕司はただ単に射精したいのではないく、母親と肉体的につながりたいのだとの結論に達した。

ネット上で美咲夫人を視姦したり、言葉で冒瀆《ぼうとく》するアイツらが逆立ちしても真似のできないこと、つまり母親の体内に自らの分身を挿入して、圧倒的な優位に立ちたいのだ。倫太郎がそんな考えに至ったとき、美咲夫人が三人掛けソファの倫太郎の右隣に腰を下ろしてきた。いちだんときつくなった牝臭が、太もものつけ根ギリギリまでずり上がったスカートの裾から立ち昇り、倫太郎の鼻腔をくすぐる。

「林先生、先ほどおっしゃっていた耕司も私も満足できる一石二鳥の方法……まだ教えていただけませんの？」

先ほどまで女豹のように鋭かった眼差しが一転、酒に酔ったようにトロンとしたものになり、倫太郎の耳元でのささやきも、驚くほどハスキーな低音だ。倫太郎に手コキとフェラチオを施し、口内射精までさせてやる間に、美咲夫人は告白したとおり、生殖器官を疼かせていたのだ。

「私、先生のご命令で、いつも耕司にしてやっているのと同じ手コキとフェラチオでおもてなしいたしましたわ。お気に召しませんでしたの？」

「と、とんでもないっ！　その逆で、耕司君はこんなにきれいなお母さんから、あんなに気持ちのいい手コキやフェラをしてもらっているのに、なぜ満足しないのか考えていたんです」

美咲夫人が右脚を上げて脚を組み、倫太郎にもたれかかってきた。倫太郎の右腕にたわわな乳房が押しつけられる。倫太郎の精液を飲みほしたことで、性感中枢が暴走し、発情に歯止めがかからなくなったようだ。

「で、結論は出ましたの？」

「はい。耕司君はただ射精したいだけではなく、お母さんとつながりたいんです。だから、耕司くんを立ち直らせるには、お母さんとつながらせてやるしかないのです」

美咲夫人の顔に失望の色が広がり、倫太郎に預けていた身体を引き離す。

「では、先生はやはり、耕司と近親相姦をしろとおっしゃるのですねっ！　それのどこが一石二鳥なんでしょう？」

倫太郎は、なじるような美咲夫人の質問に平然と答える。

「お母さんが持っているもう一つの穴を使うんです。お母さんには口と膣のほかに、もう一つ穴があるでしょう」

「口と膣以外の……もう一つの穴……ですか？」

頭の中で自分の身体の頭の天辺から足先まで思い描いてチェックしていた美咲夫人が、ハッと目と口を丸くした。

「ま、まさか、お、お、お尻の穴で……耕司のオチ×チンを……な、慰めろとおっしゃるの？」

「そうです。お尻の穴で交わるアナルセックスです」

驚きのあまり何か言おうとして口をパクパクさせる美咲夫人を見て、倫太郎は主導権を完全に取り戻したことを確信した。いつものセリフを一言一言区切り、ゆっくりと噛んで含めるように告げる。

「本学の草柳尚子理事長の持論によれば、アナルセックスは本当のセックスではないので、たとえ人妻がしても不倫や浮気には当たりません。現にそういう宗教や国もあるそうです。ですから、実の母親と息子がアナルセックスをしても、近親相姦にはならないのです」

「ええっ？　もしかしたら、私どもの一件を理事長もご存じなのでしょうか？」

「お母さんと耕司くんの間に具体的に何があったかは知りませんが、美術部の橋田先生から耕司君の様子が変だと聞いて、草柳理事長は私に、家庭訪問で原因を調べて問題を解決するようにとのミッションを下したのです」

草柳理事長も承知のうえなら、素直に従うしかないと観念したようだ。ソファに据えた尻をモゾモゾと動かし始めた。

「林先生や草柳理事長がおっしゃることは、よくわかりました。でも、私……アナルセックスなんて経験がなくて……どうしたいいのかわかりませんわ」

「草柳理事長が私に下したミッションは、さっきも言ったように、原因を調べるだけでなく、問題を解決せよというものです」

倫太郎の言わんとしたところを理解した美咲夫人は、改めて倫太郎の股間の膨らみを見つめ、生唾を飲み込む。ゴクリという音が倫太郎の耳にも聞こえた。

「林先生が私に、ア、アナルセックスのやり方を……お、教えてくださると？」

「お母さんがお望みとあれば、もちろん、協力は惜しみません」

「でも、排泄器官であるお尻の穴にオチ×チンを入れられるのは、痛いだけなのではないですか？　母親の私から言うのもおかしいですが、耕司のオチ×チン、結構大きいんです。主人のものならともかく、あんなに、お、大きなものが……小さなお尻の穴に、本当に入るんでしょうか？」

「お母さん、私のチ×ポ、倫太郎君のと比べていかがでしたか？　練習台として不足でしょうか？」

「不足だなんて……耕司のより一回り以上も大きくかったわ」

「じゃあ、私のチ×ポで練習すれば、耕司くんのも入るようになります。善は急げと言いますから、さっそく今から実地訓練といきましょう」

「い、今からですか？」

「お母さん、受験までもう残り少ないんですよ。一日も早く耕司君を立ち直らせないと、手遅れになってしまいますよ」

高校生の子供を持つ母親は、受験という言葉に弱い。効果てきめんだった。

「わ、わかりました。私、何からすればよろしいでしょうか？」

「では、ソファの上であっちを向いてひざまずいて、背もたれに両手を置いてください」

「この制服は脱がなくてもいいんですか？」

「ええ、使うのはお尻の穴だけですから、そのままで結構です」

美咲夫人が牝潮を噴いたときのことを考えれば、本当は全裸の方が被害は少ないだろうが、せっかく本物の美熟女ＣＡがミニスカ制服を着ているのに、それをわざわざ脱がすのはもったいない。

美咲夫人がソファの上で言われたとおりのポーズを取ると、タイトなミニスカートの裾は、それだけで深くくびれたウエストまでずり上がってしまった。

ほとんど紐に等しいＴバックパンティはプリンと丸い尻山の谷間にはまり込み、臀《でん》部《ぶ》を隠す役割を完全に放棄している。そのため、透明に近いパンスト越しに淡い小麦色に日焼けした尻山が丸見えだ。

倫太郎は無粋なパンティストッキングのゴムに両手をかけ、尻山から太もも、ふくらはぎへと薄皮を剝ぐように引き下ろし、足先から抜く。美咲夫人の下半身にはほとんど紐状のハイレグＴバックパンティだけとなった。ストッキングの内側に留められていた湿り気と淫臭を帯びた空気がムンッと広がり、倫太郎の顔を包む。倫太郎は尻山の谷間に顔を近づけて深呼吸し、その空気で肺腑を満たすと、萎えていたペニスがスラックスの中でムクムクと頭をもたげ始めた。

「お母さんのオマ×コ、男の脳髄を痺れさせる……とってもいい匂いがしてますよ。この匂いを嗅がされたら、実の息子だって狂ってしまうのも無理はありません」

「そ、そんなことを言われても……私、わざとそんな匂いをさせているわけではありません」

「もしかしたら、フライトの間もスケベな乗客たちの視線に嬲られて、オマ×コをグッショリと濡らしてるんじゃありませんか？　機内にこんなエッチな匂いが充満したら、乗客はたまりませんよ」

倫太郎の冗談半分のいたぶりの言葉が図星だったようで、美咲夫人はすねたような呻き声を漏らし、膣穴を収縮させて蜜液を絞り出した。やはりセレブ夫人はみな、程度の差こそあれ、マゾっ気を持っているらしい。

「おや、お母さんのオマ×コからお汁が垂れてきましたよ。やっぱりフライト中もオマ×コを濡らしているんですね」

「や、やめてっ！　おっしゃらないでっ！」

「わかりました。本日の主役はオマ×コじゃなくて、お尻の穴ですしね。では、膝を肩幅に開いてください」

「こ、この体勢のまま……ですか？」

「そうです」

「でも……」

倫太郎は美咲夫人の生尻を、ピシャリ！　と平手打ちし、語気を強めて叱る。

「この期に及んで、何を甘いことを言っているんですか？　耕司くんの東京芸大合格のためですよ。実の息子に尻穴を差し出そうという母親なら、担任教師に尻穴を見られることぐらい、なんでもないはずですよっ！」

倫太郎はこれまでの経験により、混乱の渦中にある母親は「息子のため」という言葉と無茶苦茶な論理に弱いことを知っている。案の定、美咲夫人は膝を肩幅に開き、尻山の谷間を晒した。

淡い小麦色に日焼けした尻山の狭間には、毛穴一つ、うぶ毛一本見えないほど完璧な脱毛処理が施された純白の谷間が広がる。これが本来の肌の色なのだ。

その谷底にはハイレグパンティの黒い紐状の股布が貼りつき、肛門の窄まりや会陰の上を通って陰裂に食い込む。倫太郎に手コキやフェラチオを施しているうちに、もともと幅の狭い股布がよじれ、小陰唇や陰核包皮の裂け目に食い込んでしまったのだろう。

倫太郎は試しに、陰裂に食い込んだ股布をクイッ、クイッと引っ張ってみた。

「はうっ！　先生、そ、そんなイタズラはやめてっ！　クリトリスがこすれて、気持ちよすぎますっ！」

美咲夫人は反射的に背中を反らして「やめてっ！」と叫んだが、尻山は催促がましく上下左右に振られる。倫太郎がふと腕時計を見ると、家庭訪問にやって来て、一時間以上経過していた。道草を食うのはやめて、そろそろ本題に入る頃合だろう。

「お母さん、いよいよ本題のアナルの調教に取りかかりますよ」

「な、なんだか、怖いわっ！」

「大丈夫です。肛門の窄まりをしっかりとほぐすので、安心して任せてください」

倫太郎は陰裂に食い込んだ股布を引っ張り出し、蜜液をしたたらせるパンティを美咲夫人の美脚から引き抜いた。そして、プリンと丸い尻山を両手でつかんで左右に大きく割り開き、その谷間のあまりに美しい光景に息を呑む。

そこだけ日焼けしていない純白の谷間にあって、肛門の窄まりはほんのりと赤みを帯び、緻密なシワが放射状に整然と並んでいる。まるでオレンジ色のヒナギクのような可憐さだ。

その下にある大陰唇はわずかに色素が沈着し、プックリとした一対の土手を形成する。その土手の間から鮮やかな薄紅色の小陰唇が顔を覗かせた様子は、薄く焼き色をつけた生地の間から桜色の餡《あん》がはみ出たどら焼きのようでもある。

「せ、先生の鼻息がかかって……くすぐったいですわ」

倫太郎は生臭く強烈な淫臭を放つどら焼きに口づけしそうになったが、草柳理事長から膣穴に触れることは許されていない。腐敗臭を放つ食虫花に誘《おび》き寄せられる昆虫のように、危く禁忌を犯すところだった。朋子夫人の大陰唇に触るのは、ブラジリアンワックスによる脱毛だと言い訳できるが、この場合、言い訳はできない。

美咲夫人の声で我に返った倫太郎は、可憐なヒナギクに唇を寄せ、舌先でシワの一本一本を掘り起こすように舐めていく。

「はううううんっ！　そ、そんなところを舐めるなんて……ふ、不潔ですわ」

「お母さんのお尻の穴、なんて可愛くて、おいしいんだっ！　シワの刻みも深くて、耕司くんのお母さんのお尻の穴も、きっとアナル名器ですよ」

「私のお尻の穴もって……ほかのお母さんのお尻の穴と比べたりしちゃ嫌っ！」

美咲夫人は窄まりへのさらなる口づけを誘うように、尻を小さく振る。倫太郎はリクエストに応えて肛門の窄まりにスッポリと唇をかぶせ、その中心に尖らせた舌先を突き立てると、窄まり全体を強く吸引する。

「そ、そんなに強く吸われたら……お、お尻の穴がめくれ返っちゃうわっ！」

実際に、強烈なバキュームで窄まりは今にも外側にめくれ返りそうだし、中心に突き立てた舌先が肛門括約筋の内側に潜り込もうとしている。

「ひ、飛行機が急降下しているときみたいに、身体がふわっと浮き上がっているようだわっ！　なんだか気持ちいいっ！　こ、こんなの初めてよっ！」

両手でソファの背もたれをつかんでひざまずき、尻を後ろに突き出した姿勢で肛門を強く吸引されることによって、美咲夫人は一種の無重力状態にいるように錯覚しているようだ。草柳尚子理事長、高田真知子夫人、柳沢朋子夫人の肛門の窄まりを何度も舐めたり吸ったりしてきたが、こんな反応を示したのは美咲夫人が初めてだ。さすがはＣＡと言うべきか。

倫太郎が窄まりの吸引をやめ、改めて尻山の谷間を眺めると、もとのオレンジ色から赤みを増した肛門の窄まりが、呼吸をするように収縮と弛緩を繰り返している。獲物を捕食しようと蠢くイソギンチャクのようでもある。

強烈な吸引からいきなり解放され、肛門の窄まりが疼くのか、美咲夫人はしきりと尻をくねらせる。倫太郎はその窄まりに親指の腹をあてがい、放射状に整然と並ぶシワを押し潰すように、時計回りに、反時計回りにグラインドさせる。

「はううっ！　熱いっ！　お尻の穴が……だんだんと熱くなってきたわっ！」

「肛門括約筋の血流をよくして、柔らかくするためのマッサージです。熱いだけでなく、気持ちもいいでしょ？」

美咲夫人は目を閉じて尻穴に神経を集中させる。ＣＡの制服を着た長身の美熟女が四つん這いになり、プリンと丸い尻を剝き出しにしてじっとしている。ワイシャツにスラックス姿の三十男が、その美熟女の尻山の狭間に片手を挿し入れ、親指の腹で可憐な肛門の窄まりを撫でる。美熟女は本物のＣＡで高校生の息子を持つ母親、男はその息子の担任教師という、ふつうではありえない構図だが、女は息子の大学受験の成功と自分の性的快楽追求のために、男は本物のＣＡの肛門の窄まりを勃起ペニスで味わいたいと、両者ともに真剣だ。

「だいぶ柔らかくなったので、指を一本だけ入れてみますよ」

倫太郎の問いかけに、美咲夫人は何も言わず、じっとしている。それを了承の返答と受け取った倫太郎は、ヒナギクのような窄まりに改めて口づけし、たっぷりの唾液で湿らせる。そして、まっすぐに伸ばした右手の中指を窄まりの中心に押し当て、徐々に力を込めていった。

「はうっ！」

中指の第一関節が窄まりに消えた。と、そのとき美咲夫人が溜め息をつき、窄まりの緊張がゆるんだ隙に、倫太郎は指の根元まで一気に埋没させた。

「はうううんっ！　一気に奥まで入れるなんて……ら、乱暴な人ねっ！」

「お母さん、そんなこと言っても、お尻の穴は喜んでますよ。指の根元をキユッ、キユッと締めつけてます」

倫太郎は指を左右にひねりながら抜き挿しし、肛門括約筋や直腸の構造や性能を確かめる。

高田真知子夫人の分厚く盛り上がった肛門括約筋は、内側に押し込むと逆止弁の役割を果たした。柳沢朋子夫人の直腸粘膜は、勃起ペニスを挿入したとたんに緻密な襞襞をザワつかせ、侵入者を奥へ奥へと引きずり込もうとした。事前に入念な調査を行うに如《し》くはない。

美咲夫人の肛門括約筋は倫太郎の指を小気味よく締めつけており、特に問題や危険はさなそうだ。一方、直腸粘膜には魚卵のような細かい粒粒がビッシリと貼りついている。これまでにアナルセックスをした三人には見られなかった特徴だ。

倫太郎はまだ遭遇したことはないが、膣穴にカズノコ天井という名器があると聞いた。もしかしたらアナルにもカズノコ天井という名器があり、美咲夫人のアナルがそれかもしれない。そう考えると、一刻も早く美咲夫人のカズノコ天井アナルを味わってみたいという衝動を抑えがたくなり、さっきまでの注意深さはどこへやらだ。しかし、それが倫太郎の真骨頂なのだから仕方ない。

倫太郎が美咲夫人の尻穴から指を引き抜くと、直腸粘液が指先からしたたり落ちそうなほどベッタリと付着していた。直腸粘液がこれだけ豊富に分泌されていれば、勃起ペニスを挿入しても、肛門の窄まりの滑りに問題はないだろう。

「お母さん、もう十分ほぐれているので、いよいよペニスを挿入します。お母さん、いいですね？」

「いいけど……その、お母さんと呼ぶのはやめてもらえません？　なんだか罪悪感を覚えて、興ざめだわ」

「そ、そうですね。失礼しました、美咲さん」

「それで、いいわ。どうぞ、林先生のオチ×チンを、私のアナルに入れてください」

倫太郎は草柳理事長やほかの母親たちとアナルセックスするときのように、立ちバックの体位でつながろうとしたが、それではせっかくＣＡの制服を着ているのに、上着の背中しか見えないのはもったいない。

「美咲さん、こっちを向いて、ソファに座ってもらえますか？」

「ええ、いいですけど……こうかしら？」

倫太郎は急いでスラックスとトランクスを脱ぎ捨て、ソファに腰かけた美咲夫人の足元にひざまずくと、スラリと伸びた両の美脚を大きく持ち上げて肩に担ぐ。美咲夫人は頭だけを背もたれに預け、ソファの上でほとんど仰向けになった。

倫太郎の眼下には前身頃を大きくはだけたライトブルーの上着、その左胸に飾られたエアラインのエンブレム、白いブラウスを突き上げるEカップの乳房、CAの象徴とも言えるオレンジ色のネッカチーフ……臍のあたりまでまくれ上がったタイトなミニスカートから無毛の恥丘が顔を見せ、その下では桜色の餡がはみ出したどら焼きのような生殖器官が息づいている。

これだっ！　これこそが、CAフェチなら誰もが追い求める最高の光景だ。

倫太郎はそのどら焼きの餡に勃起ペニスを突き入れたい衝動を辛うじて抑え、美咲夫人の両脚をグイッと持ち上げ、膝をたわわな乳房に押しつける。美咲夫人の身体は二つ折りにされ、オレンジ色のヒナギクの花が倫太郎に向かって微笑む。倫太郎の意図を察した美咲夫人は両腕で両脚を抱え込み、尻山を浮かせるた。倫太郎が尻穴に狙いをつけやすいように協力してくれているのだ。

「美咲さん、ありがとう。では、美咲さんのアナル処女、いただきますよ」

倫太郎はＣＡとの処女アナルセックスに身震いするような感動に浸りながら、亀頭の先端を肛門の窄まりにあてがい、徐々に体重をかけていく。

「あああああっ！　広がってるっ！　私のお尻の穴が広がってるわっ！」

放射状に並んだシワが目いっぱいに伸び、窄まりの中心が倫太郎の亀頭の一番太い部分と同じまで広がったとき、ズボッという音とともに亀頭が肛門の窄まりに呑み込まれた。

「入ったっ！　入ったのねっ！」

「入りましたっ！　大丈夫そうなので、このまま奥まで入れますよ」

倫太郎は美咲夫人の太ももの裏側に両手を置き、腰をゆっくりと押し出していく。亀頭が魚卵のような粒粒がビッシリと貼りついた直腸粘膜を押し広げながら進んでいく。肛門括約筋は相変わらず、小気味よい締めつけでもてなしてくれている。

指で調べたときにはわからなかったが、美咲夫人の直腸は倫太郎の勃起ペニスがようやく進んでいけるほど狭隘だ。そして、倫太郎の下腹が美咲夫人の尻山に密着し、勃起ペニスが根元まで埋まり込んだとき、それまで穏やかだった直腸が牙を剥いて襲いかかってきた。

まるで獲物が罠《わな》にかかるのをじっと待っていたかのような豹変ぶりだった。直腸粘膜が右へ左へとねじれ、勃起ペニスを絞り上げてくる。しかも、その粘膜の表面には細かい粒粒がビッシリと貼りついている。その粒粒を浮かせた粘膜が、肉茎や亀頭の表面はもちろん、亀頭のエラの裏側や裏筋まで髪の毛一本の隙間もないほどピッタリと絡みついてくる。それが自ら収縮と捻転を繰り返しながら、勃起ペニス全体を絞り上げてくるのだ。

「おおおおおっ！　美咲さんのアナル、チ×ポを絞り上げてくるっ！　こ、こんなアナルは初めてだっ！」

「わ、私もお尻の奥の方が熱いっ！　燃えるような熱さだわっ！」

勃起ペニスと粒立ちの見事な直腸粘膜の間で、摩擦熱が生じているらしい。いずれにしろ、このままでは高田真知子夫人のときのように、あっと言う間に果ててしまいそうだ。幸い、肛門括約筋はリズミカルに収縮と弛緩を繰り返している。これならひとまず退却できそうだ。美咲夫人の処女アナル攻略法を練り直したうえで、再挑戦するとしよう。

そう考えた倫太郎は勃起ペニスを引き抜こうとしたが、なぜか腰を引くことができない。見れば、美咲夫人がいつの間にかスラリと伸びた美脚を倫太郎の腰に回し、カニ挟みしていたのだ。倫太郎が腰を引こうと力を込めるたびに、美咲夫人はそれに逆らうように両足でグイグイと締めつけてくる。

「み、美咲さん、そんなに脚で締めつけたら……動けませんよっ！」

「だって、林先生がオチ×チンを抜こうとすると、お、お腹の奥がまた真空になって……飛行機で急降下してるみたいなんですもの。だ、だから、こうして……」

先ほど肛門の窄まりを思い切り吸い上げたときと同じだ。直腸の中の圧力が低下すると、落下感覚を覚える体質らしい。それで、両脚で倫太郎の身体にしがみついているのだ。

それにしても、スラリとした美脚のどこにこれだけの力があるのかと驚くほどの締めつけだ。職業柄、飛行機が揺れたときに脚を踏ん張って持ちこたえるため、自然と足腰が鍛えられているのかもしれない。

こうしている間も、美咲夫人の直腸粘膜は収縮と捻転とで勃起ペニス全体を絞り上げ、すり潰そうとする。美咲夫人の直腸粘膜も倫太郎の勃起ペニスも燃えるような熱を帯び、倫太郎の脳髄は痺れてきた。

倫太郎が腰を引こうとすればするほど、カニ挟みの締めつけは厳しくなる一方で、倫太郎の下腹と美咲夫人の尻山はいっそう強く密着する。

「くううううっ！　だ、駄目だっ！　美咲さん、このままでは……」

倫太郎が白旗をあげようと視線を落とすと、うっすらと小麦色に日焼けした恥丘につらなる陰核包皮を割って頭をもたげたクリトリスが目に入った。そう言えば、倫太郎が陰裂に食い込んだパンティの股布を引っ張る悪戯をしたとき、美咲夫人は「クリトリスがこすれて、気持ちよすぎますっ！」と訴えた。大陰唇と同様にプックリと発達した包皮に守られたクリトリスが、美咲夫人の弱点かもしれない。

倫太郎は親指と人差し指、中指の指先で陰核包皮を剝き下ろし、クリトリスを根元まで露出させると、シコったクリトリスの粘膜を三本指でこねるように摩擦する。

「こ、こんなときに……クリちゃんまで同時に責めるなんて……だ、駄目よっ！」

やはり、クリトリスはかなり敏感なようだ。倫太郎は直腸粘膜による勃起ペニスの絞り上げに耐え、クリトリスをこねつづける。

「はうううううんっ！　駄目っ！　そ、そんなことされたら……」

美咲夫人がガッチリとカニ挟みしたまま腰を暴れさせるため、倫太郎の勃起ペニスは夫人の直腸の中で絞り上げられるだけでなく、揉みくちゃにされ、根元から引き抜かれそうになる。切羽詰まった倫太郎がクリトリスをひときわ強くひねり上げると、美咲夫人はカッと目を見開いて倫太郎の顔をにらみつけ、口をOの字に開く。次の瞬間だった。

「おおおおっ！　ク、クリちゃんをひねり、つ、潰されて……イクッイクッイクッイクッ！」

美咲夫人は大絶叫とともにカニ挟みした脚を解き、背もたれに預けた後頭部と床に下ろした両足を支点に、背中を弓なりに反らして腰を高々と突き上げる。美里夫人はスリムな体型と流麗な柳腰に似合わず、驚異的な背筋力と脚力を発揮し、倫太郎を跳ね飛ばした。そして、膣穴から勢いよく牝潮を噴き上げる。

倫太郎は辛うじて射精を免れる一方、腰を突き上げたままの美咲夫人の膣穴から噴射された牝潮をまともに浴びた。下半身は剝き出しだから被害は小さいが、ワイシャツとアンダーシャツは牝潮の直撃を受け、グッショリと濡らしてしまった。

牝潮を噴き終えた美咲夫人はイキ潮絶頂の余韻に浸り、ソファに横たえた身を悶えさせている。

「オナニーのときはいつもクリトリスでイッてるけど……こんなに気持ちよかったのも、お潮を噴いたのも、は、初めてですわ」

そうだ。美咲夫人がいまイッたのは、あくまでもクリトリス嬲りのせいであって、アナルセックスでイッたわけではない。ミッションはまだ完了してはいない。

倫太郎は牝潮に濡れて強烈な淫臭を放つワイシャツとアンダーシャツを脱ぎ捨てると、ソファの上で仰向けになっている美咲夫人の身体を裏返し、腰を持ち上げた。美咲夫人は床に立ち、上体を前傾させてソファの背もたれに両手を突く。倫太郎のホームポジションである立ちバックの体位だ。

さっきは、本物のCAの制服姿を鑑賞しながらアナルセックスをしようという不純な気持ちを抱いたがゆえに失敗したのだ。今度は、純粋に生徒の母親をアナルセックスでイカせることだけを考えて臨むと心に決めた。

「美咲さん、改めてお尻の穴にチ×ポを入れます。今度は肛門括約筋と直腸粘膜を責めてイカせてあげます」

「は、はい。耕司のためにも、私も頑張ります」

倫太郎は美咲夫人の小陰唇からしたたり落ちる牝潮で勃起ペニスをぬめらせる。

「では、いきますよ」

倫太郎は腹に貼りつくばかりに反り返る勃起ペニスをつかむと、改めて肛門の窄まりに亀頭の先端を押し当て、再び徐々に体重をかけていく。美咲夫人は静かに目を閉じ、深呼吸をしている。

満開に咲いたヒナギクの花が一回り大きくなったとき、今度は亀頭が音もなく肛門の窄まりに沈んだ。

「先っぽが入りました。さっきは奥まで一気に入れたので、美咲さんのアナルが驚いて過剰反応したようです。今度は少しずつ慣らしていきますね」

立ちバックの体位だからカニ挟みされる心配はないが、倫太郎は三浅一深の要領で勃起ペニスをスライドさせながら、慎重に一挿し一挿しずつ侵入を深めていく。

「お尻の穴と直腸が、す、少しずつ広げられていくわっ！　気持ちいいっ！」

その言葉どおり、美咲夫人の粒立ちのいい直腸粘膜は、倫太郎の勃起ペニスにまったりと絡みつく。最初に挿入したときのような荒々しさはない。それは倫太郎の下腹が美咲夫人の尻山に密着し、勃起ペニスが根元まで埋まり込んでも変わらなかった。

美咲夫人が倫太郎を振り返り、穏やかな笑みを浮かべる。

「お、奥まで入ったのね？　なんだか……身体の内側から満たされてるって感じ。もっと動いてみて」

倫太郎はゆっくりと勃起ペニスの抜き挿しを始め、徐々にスピードを上げていく。美咲夫人の肛門括約筋は相変わらず小気味よいリズムで収縮と弛緩を繰り返し、直腸粘膜は亀頭とじゃれ合うようにまとわりつき、魚卵に似た細かい粒粒で勃起ペニスの根元から亀頭の先端、エラの裏側まで摩擦する。

「あああっ！　美咲さんのアナル、カズノコ天井の名器のうえに、とても穏やかにもてなしてくれています。これなら、耕司君も気に入ってくれるはずです」

「さっきはクリトリスでイッたけど、今度はお尻の穴だけでイケそうだわ」

倫太郎はそれから一分にわたって美咲夫人のアナルを責め立て、ついには美咲夫人を生涯で初めてのアナル絶頂と二度目の牝潮噴射に導いた。

ミッションは果たされ、本物のＣＡとのアナルセックスもこれが最初で最後かと思いつつ村上邸を辞した倫太郎だったが、そのあと、予想だにしない展開となった。


村上耕司の母親、美咲夫人へのアナル指導から一週間がたった日、倫太郎のスマートフォンに美咲夫人から電話がかかってきた。美術部顧問の橋田先生からは、耕司は元どおりに絵画に打ち込むようになったと聞いている。倫太郎はお礼の電話だろうという軽い気持ちで出ると、美咲夫人の思い詰めたような声が返ってきた。

「林先生、突然で恐縮ですが、きょうの午後、横浜のグランドインターナショナルホテルにおいでいただけないでしょうか？」

「はい、三時以降であれば大丈夫です」

倫太郎はてっきりティールームかどこかで会うのだと思っていたが、違った。

「ありがとうございます。これから部屋を予約ます。早めにチェックインして、ルームナンバーをSMSでお送りします」

倫太郎は何かのトラブルが起きたのだと察したが、同時にわざわざ部屋を取るという言葉を聞き、早くもペニスの海綿体に血液を流入させる。そのあとの倫太郎は、授業中も制服姿の美咲夫人の痴態を思い浮かべてニヤつき、生徒から気味悪がられる始末だった。

午後三時ちょうどにホテルに着き、教えられた部屋のドアをノックすると、倫太郎の下心を読んだかのように、制服姿の美咲夫人がドアを開けてくれた。

「今夜から一週間、国際線のフライトなので、こんな格好で失礼します」

美咲夫人は部屋の中に倫太郎を招き入れると、倫太郎を壁ぎわに置かれたソファに倫太郎を座らせ、自分はその前に立つ。理由はどうであれ、熟れた身体を持つ本物の美しいCAが制服のミニスカートを穿き、太ももも露にしてくれているのはうれしい限りだ。おまけに、そのスカートは一週間前に会ったときよりも短い超ミニで、立っているだけで太ものつけ根まで剝き出しだ。こんなスカートを穿いて勤務すれば、ちょっと前屈みになっただけで尻山の半分まで晒すことになる。

倫太郎は、目の前にある美咲夫人の美脚から目が離せなくなってしまった。パンティストッキングを穿いていない生脚を、足の爪の先から太もものつけ根ギリギリまで何度も舐めるように眺める倫太郎に、美咲夫人は痺れを切らして話しかけた。

「私、林先生に責任を取ってもらいたいんです」

「ええっ！　せ、責任を？　私がどんな悪いことをしたって言うんですか？」

鼻の下を目いっぱい伸ばした倫太郎は、思いも寄らない言葉に動揺を隠せない。しかし、不思議なことに、美咲夫人が怒っている様子はない。それどころか、科を作って倫太郎の隣に腰を下ろし、女豹のような目で倫太郎を見つめて話をつづける。

「先生は、アナルセックスをすれば耕司の願いを叶えられるし、私の欲求不満も解消できるから一石二鳥だとおっしゃいましたわね？」

「ええ、確かにそう言いましたが、耕司君がアナルセックスを拒んだのですか？」

「いいえ、耕司は『ママの身体とつながれるのだったら、お尻の穴でもいい』と言って、喜んでお尻の穴にオチ×チンを入れてくれました」

「それで？」

「それで、耕司ったら、私と一度アナルセックスしたとたん、憑きものが落ちたように、私の身体を求めなくなったんです。『どうして？』って聞いたら、耕司は『僕はオチ×チンでママのアナルに刻印を押したから、もうアイツらに負けることはない』

とか何とか言って……」

「はあ、でも、それの何が問題なんですか？」

「それで一鳥は片がついたけど、もう一鳥の方は……私の欲求不満はどうなるんですか？　林先生に初めてお潮を噴くほどのすごい快感を教えられて、耕司がそれを引き継いでくれるかと思っていたのに……ですから、林先生には、アナル絶頂と潮噴きを私に教えた責任を取っていただかなくてはなりません」

美咲夫人は慣れた手つきで倫太郎のスラックスとトランクを脱がせると、倫太郎のペニスを握り、手コキを施しながらバスルームに連れ込んだ。

洗面台とトイレとバスタブが四畳半ほどのスペースに設置されており、美咲夫人は自ら超ミニスカートの裾をウエストまでまくり上げて洗面台に両手を突く。尻山を倫太郎に向かって突き出し、両脚を肩幅以上に開いた。美咲夫人はパンティも穿いておらず、きつい淫臭が立ち昇る。

「お尻の穴にはローションをたっぷりと塗り込んでほぐしておいたから、そのまま入れても大丈夫よ」

倫太郎は美咲夫人の手コキで勃起させられたペニスを握り、ローションにまみれて、朝露に濡れたヒナギクのような肛門の窄まりにゆっくりと挿入していった。

数時間後に倫太郎がホテルの部屋を出るまでに、美咲夫人は三回のアナル絶頂と牝潮噴射を行った。そして、倫太郎は例によって、今後週に一度はこの同じホテルで密会することを約束させられた。

第五章　女校長にアナルの洗礼を

「林先生、元気がないね。どうかしたの？　最近なんだか、オチ×チンの硬さが落ちてきているし、私のお尻の中にしぶかせる精液も量が減ってきてるわ」

晩秋の柔らかな陽光が射し込む理事長室で、淡いピンク色のワンピースの裾を腰の上までまくり上げて執務机に両手を突いた草柳尚子理事長が、尻穴に勃起ペニスを抜き挿ししている林倫太郎に尋ねた。倫太郎の体調を気遣っているようで、実際は自分の尻穴への責めが物足りないと不平を言っているのだ。

「そりゃ、そうですよ。毎日のように理事長の尻穴で精液を搾り取られたうえに、理事長のミッションを果たした結果、熟れ盛りの母親三人と週に一回ずつアナルセックスをすることになったんですからね」

倫太郎が言い訳に気を取られて勃起ペニスのストロークが疎《おろそ》かになると、尚子理事長は倫太郎の下腹に密着させた尻山をグルグルと回し、もっと激しいストロークを催促する。そのうえ、後ろを振り向いて倫太郎を睨《にら》みつける。

「何よ、その言い方はっ！　私は母親の問題を解決しろとは言ったけど、そのあとも毎週会ってアナルセックスしろとは言っていないわよ。そんな約束をした自分を棚に上げて、私を色狂いのアナルセックス狂呼ばわりは許しませんわっ！」

「そ、そんなっ……とんでもない。僕は理事長のお相手も、母親たちのアフターサービスも、喜んでしています」

尚子理事長は倫太郎のその言葉を聞くと、さっきまでの鬼の形相から一転、倫太郎にニッコリと微笑む。

「そう、それはよかったわ。と、ところで、宮崎《みやざき》校長のお嬢さんが桜門《おうもん》学園に通っているのは……し、知ってるわね」

桜門学園と言えば、女子の東大合格者数で全国一、二を争う名門女子学園だ。

「ええ、話には聞いていますが、それが何か？」

「きのう、その桜門学園の理事長から電話がかかってきたの。宮崎校長のお嬢さんの件でね」

倫太郎は嫌な予感を覚えながらも、叱責を受けないように勃起ペニスのストロークをつづける。

「はううぅんっ！　一年生のときは成績優秀で東大合格間違いなしと言われていたのに、そ、それが、二年に上がってからしばしば学校を休み始めて、この秋から不登校になったらしいの」

鈍い倫太郎も、尚子理事長が倫太郎に新たなミッションを下そうとしていることに気づいていた。

宮崎節子《せつこ》校長はもともとは市の教育委員会の特別顧問をしていたが、四年前、あるセミナーで尚子理事長と知り合った。そして、節子校長の米国留学仕込みの先進的な教育方法や学園経営の理念に惚れ込んだ尚子理事長が「是非うちの校長に」と引き抜いたのだ。節子校長は尚子理事長よりも四歳年上の三十九歳。文部科学省に勤務する夫との三人家族だ。

「で、でも、まさか、僕に宮崎校長とアナルセックスをしろ……なんて言うんじゃないですよね」

「元気がないわりには、察しがいいわね。その、まさかよ。先方の理事長から、お嬢さんが不登校になった理由は聞いてあるの。だから、私も協力するわ」

「きょ、協力って……理事長の目の前で、み、宮崎校長とアナルセックスするんですか？」

嫌な予感が当たったのだ。それも、最悪のかたちで。

「そうよ。ここへ呼んであるから、もうすぐ来るはずよ」

「ええっ！　じゃあ、早く終わらせないと……」

倫太郎が慌てて勃起ペニスを引き抜こうとすると、尚子理事長は肛門括約筋で勃起ペニスの根元を締め上げ、倫太郎の動きを制した。

「いいのよ、このままで。でも、いいと言うまで、私をイカせては駄目よ」

尚子理事長をイカせない程度に勃起ペニスのストロークを抑え気味にして待っていると、ほどなくして理事長室のドアがノックされ、「宮崎です」という声がした。

「どうぞ、お入りください」

尚子理事長がまるで執務中であるかのような事務的な声で答えると、ガチャリと音がして、ドアが開いた。一礼してうつむき加減で入ってきた節子校長は顔を上げ、自分の目を疑っただろう。

執務机に両手を突いた草柳尚子理事長の腰を、国語教師の林倫太郎が後ろから両手でつかみ、自らの腰を前後させている。あまりに突拍子もない光景に、節子校長はとっさに二人が何をしているのか理解することができなかったに違いない。

「はううううんっ！　み、宮崎校長、きょうはあなたのお嬢様のことでお話があって……と言うよりも、あなた自身の問題についてお話ししたくて……お、お呼びしたのうよ」

　節子校長は尚子理事長の話が耳に入らない様子で、尚子理事長の尻山と倫太郎の下腹がぶつかるところを見つめている。ようやく目の前の光景の意味を理解した。

「は、林先生っ！　な、なんてことをっ！　すぐに理事長から離れなさいっ！」

　つかみかかりそうな権幕で近寄る節子校長に、尚子理事長は喘ぎながらも落ち着いて話しかける。

「い、いいのよ、宮崎校長。私、林先生にはいつも……こ、こうしてアナルセックスをしてもらっているの」

「ア、アナルセックス？　理事長のお尻の穴に……は、林先生のペニスが？」

「あううっ！　そ、そうよ。きょうは、あなたにもアナルセックスの素晴らしさを知ってもらいたくて……お呼びしたのよ」

　ともに才色兼備の誉れ高い名門瑞星学園の理事長と校長が、古い教会のような荘厳な雰囲気の理事長室で、アナルセックスについて真顔で会話を交わすのも滑稽だが、その間も一介の国語教師がせっせと腰を前後させ、熟女理事長の丸々と熟れた尻山の谷間にある肛門に勃起ペニスを抜き挿しさせているのはさらに滑稽だ。しかし、この場にいる誰一人として、それに気づく者はいない。

「理事長は、ど、どうして私にアナルセックスを？」

尚子理事長は、勃起ペニスで尻穴を突き上げられるたびに快感に顔を歪めながら、話をつづける。

「宮崎校長のお嬢さん、あうううっ、不登校なんですってね。その原因はあなただと思うの。女子校に通うお嬢様に嫉妬してるんでしょ？。あああんっ、あなたのその気持ちがお嬢さんを不登校にしてるのよ」

「なぜ、私が娘に嫉妬を？　そんなこと、ありえません」

「だったら、聞きますけど、あなた、本当はレズなんでしょ？　そして、私のことが好きよね？」

「ど、どうして……そんなことを？」

娘に嫉妬していると言われたときは懸命に否定した節子校長だったが、レズで尚子理事長が好きだろうと指摘されると、その表情にあからさまな動揺の色が浮かんだ。尚子理事長の指摘が図星だと認めたも同然だ。

「そりゃあ、あなたが私を見る目を見ればわかります。もともとレズッ気のあるあなたが、運命の悪戯で男子校の校長になった。はううんっ！　は、林先生、もうちょっと突き入れを優しくして。このままじゃあ、すぐにイッってしまいそうだわ」

倫太郎は抜き挿しのスピードを落とし、理事長室の中央に立ち尽くしている節子校長を改めて眺める。

身にまとっているのは、節子校長のトレードマークとも言える紺色のスカートスーツに白いブラウス、黒いバックシーム入りのストッキング、ヒールの高い黒いパンプスだ。いつもはきちんと留めているジャケットの前ボタンが外され、細身の体型にしては意外とたわわな乳房が、ブラウスの布地を突き上げている。

ポニーテールにまとめられた長いストレートの髪、小さめの瓜実顔、縁なし眼鏡がクールで理知的な印象を与える。ふだんは「女」の部分を押し殺しているが、今は想像を絶する事態に見舞われ、身をよじるように「女」としての弱さを見せている。それが妙に艶めかしく、エロい。

これまでは意識して見たことがなかったが、タイトスカートに包まれた腰の張り出しとたわわに実った乳房が、女としての完熟ぶりを物語る。これだけ熟成が進んだ媚肉の持ち主とは思いも寄らなかった。

そして、この熟れ肉を間もなく味わえると思ったら、尚子理事長の腰をつかんだ手に力が入り、下腹を尻山にバチンと音が鳴るほど打ちつけてしまった。

「はうううんっ！　は、林先生、優しく突いてって言ったのにっ！」

「す、すみません。宮崎校長があまりに色っぽいもので、つい……」

「ひどいわ。私のお尻の穴を犯しながら、宮崎校長の身体を見て昂奮《こうふん》するなんて」

「わ、私が色っぽいですって？　お、男の人から……そんなことを言われたのは初めてだわ」

「理事長、早くお話のつづきを、お、お願いします。だんだんと……我慢できなくなってきました」

「そうだったわね。宮崎校長、娘さんの学校のスクールカウンセラーが娘さんから聞いたところによると、おおおんっ　む、娘さんが去年から女子校に通うようになったら、母親が急に嫉妬するようになって、顔を合わせるたびに『うらやましいわ』と言いつづけられたって」

節子校長にも、恐らく身に覚えがあるのだろう。じっと尚子理事長を見つめるだけで、反論してこない。

「それで、娘さんは学校に行くことにだんだんと罪悪感を感じて、とうとう不登校になったというのが、そのカウンセラーの分析よ。ふうううんっ、先方の理事長が表沙汰になる前にって、私にわざわざ教えてくれたの」

節子校長は、もはや言い逃れることを諦めたらしく、ふっと肩の力を抜き、尚子理事長に尋ねる。

「それで、私にどうしろと言われるの？　先ほどはアナルセックスがどうなどとおっしゃってましたけど……」

「この林先生は、これまでに三人の生徒の母親にアナルセックスによる指導をして、生徒の怠学や非行の原因となった母親の問題を取り除いてくれたのよ。もちろん、私のミッションでね」

「もしかしたら、高田正昭、柳沢吉彦、村上耕司の三人ですか？」

「さすがは宮崎校長だわ。はううんっ　よくわかったわね」

「全校生徒の成績や素行をデータ化して、パソコンでその推移を見守っています。その三人は一時期、成績が落ちたり素行に問題があったりしましたが、今はみんな立ち直っています。でも、どうしてアナルセックスなんかで指導を？」

尚子理事長はいつものように「アナルセックスは本当のセックスではない」という持論を披露し、「アナルセックスで母親の欲求不満を解消したり、近親相姦を回避したりすることができるのよ」と説明した。

節子校長がだんだんと話に引き込まれてきたのは間違いない。執務机の脇に回り込み、尚子理事長と倫太郎の結合部分を覗き込む。二人とも下半身に何も着けておらず、靴下や靴も脱ぎ、何枚か重ねて敷いたバスタオルの上に立っていた。節子校長もその理由をのちほど知ることになる。そして、尻穴に抜き差しされる倫太郎の極太の肉茎を見て、ハッと息を吞む。

「こ、こんなに太いオチ×チンが……理事長のお尻の穴にっ！」

「そうよ。は、林先生のデカマラで、お、お尻の穴をズコズコされる気持ちよさといったら……きっとあなたも病みつきになるわよ」

節子校長が夢遊病者のような仕草でひざまずいたため、タイトなスカートの布地が肉づきのいい尻山に引っ張られ、裾が太もものつけ根までずり上がった。倫太郎の目に、スラリとした太もものつけ根近くの真っ白な生肌が飛び込んできた。節子校長はパンストではなく、尚子理事長と同じガーターベルトで吊ったバックシーム入りのガーターストッキングを穿いていたのだ。さらに、パンティ一枚で覆われただけの股間から、尚子理事長のものとは異なる新鮮な淫臭が立ち昇り、倫太郎は思わずむせそうになった。

倫太郎はムッチリとした生太ももを眺めながら深呼吸をして、二人の淫臭が混じり合った牝臭で肺腑を満たした。そして、つい先刻、嫌な予感が最悪のかたちで的中したなどという不遜《ふそん》な思いを抱いたことを反省した。嫌な予感ではあったが、最高のかたちで的中したのだ。

節子校長も自らの淫臭に酔ったように、目の前の尚子理事長の尻山に手を伸ばし、さも愛おしげに撫で回している。

「こ、こんなに可愛いお尻の穴に、こんなに禍々しいペニスが……」

尚子理事長が見抜いたとおり、レズっ気もあるようだ。尚子理事長は今にも尻山に口づけせんばかりの節子校長に、絶対に拒否できない提案をする。

「あなたの指導方法には、三つの選択肢があるわ。一つ目は、私と同じようにあなたも林先生とアナルセックスをしてレズの欲求を鎮める。二つ目は、私とレズプレーをしてレズ性癖を満足させることね」

本当に気持ちよさそうな尚子理事長の様子を見てアナルセックスに興味を持っているし、美しい尚子理事長とのレズプレーも捨てがたいのだろう。節子校長はどちらとも決めかねたようで、早く三つ目の指導法を知りたがった。

「三つ目は？　三つ目の選択肢はどんなものなの？」

尚子理事長は勝ち誇ったような笑みを浮かべ、サラリと答えた。

「その両方を同時にすることよ」

「三つ目でお願いします」

節子理事長は迷うことなく即答した。

節子校長が倫太郎とのアナルセックスと、尚子理事長とのレズプレーを同時にするということは、学園の最高権力者とナンバーツーという地位にあり、ともに甲乙つけがたい二人の美熟女と3Pをするということだ。倫太郎はその淫猥の極致とも言うべき光景を頭に描いただけで、下腹部の奥で熱い塊が芽生え、急速に膨張していくのを感じた。

「り、理事長っ！　もう駄目ですっ！　我慢できませんっ！」

「いいわ、林先生っ！　お話は終わったわ。このまま私をイカせてっ！　宮崎校長、私がアナルセックスでイクところをお見せするわ。驚かないでねっ！」

尚子理事長の許可を得た倫太郎は、勃起ペニスの全長を使い、力強いストロークを繰り出す。

「す、すごいわっ、理事長のお尻の穴っ！　窄まりがオチ×チンをしっかりと食いしめてるっ！　ヌルヌルの粘液で、オ、オチ×チンがぬめってるわっ！」

「そ、それは直腸粘液よ。お、お尻の穴で感じると、おおんっ、直腸から分泌されるの。お尻の穴が気持ちよくなってる証拠よ」

「理事長っ！　も、もうイキますっ！　出るっ！　理事長の尻穴に……出るっ！」

「しょ、尚子もイキますっ！　イクッ！　イクッ！　イクゥゥゥゥッ！」

倫太郎は思い切り腰を突き上げて、天井を仰いで身体を硬直させる。節子校長の目にも、倫太郎が尚子理事長の直腸の奥に精液をしぶかせているのがわかった。

しかし、次に見た光景は信じがたいものだった。

ブシャァァァァァァッ！

やはり天を仰いで身体を硬直させた尚子理事長の股間から、大量の牝潮が足元に向かって勢いよく噴射された。節子校長は、床にバスタオルが重ねて敷かれていたわけを理解したはずだ。尚子理事長は最後の一滴まで絞り出すように腰を振り、ようやく牝潮の噴射を終えた。

倫太郎は尚子理事長の執務机の引き出しから乾いたバスタオルを取り出し、慣れた手つきで尚子理事長の下腹から両足の先まで丁寧に拭いてやり、床に敷いて牝潮をたっぷりと吸ったバルタオルといっしょに理事長室に隣接する専用の洗面所に持っていく。

その様子をじっと見ていた節子校長が、下半身剝き出しのまま膣穴や肛門をバスタオルで拭っている尚子理事長に尋ねる。

「理事長がこんなに激しくイッて……しかも、お潮まで噴くなんてっ！　アナルセックスって、本当にそんなに気持ちいいんですか？」

尚子理事長は執務用の椅子の上に脱ぎ捨ててあったストッキングに脚を通してガーターベルトで吊るし、その上からパンティを穿き、ヒールの高いパンプスを履くと、節子校長の質問に質問で返した。

「きょうは、このあとまだ予定が入ってるの？」

「いいえ、何も」

「見ただけじゃ信じられないなら、これから試してみる？」

「はい。よろしくお願いします」

「ここはもうすぐ守衛さんが見回りに来るから、ホテルに場所を変えましょ」

「承知いたしました、理事長。ホテルまで私の車でお送りします」

そこに身なりを整えた倫太郎が戻ってきた。倫太郎は誰かが理事長室のドアをノックしたとき、すぐに隠れることができるように、あらかじめ理事長専用の洗面所でズボンとトランクスを脱いでいたのだ。

「林先生、ちょうどよかったわ。たった今、三人でこれからホテルに行くことに決まったの。いいわね」

「林先生、お願いします」

理事長と校長にそろって頼まれれば嫌とは言えないし、意外にも熟れた媚肉を持っているとことがわかった節子校長の処女アナルを味わえるのだから、倫太郎にとって願ってもない僥倖《ぎょうこう》だ。

「じゃあ、林先生、これもお願いね。私たち、宮崎校長の車で待っているわ」

倫太郎は尚子理事長から牝潮が染み込んだバスタオルを受け取ると、もう一度洗面所に戻り、隅に置いてある全自動洗濯乾燥機に放り込み、スイッチを入れた。

節子校長の車は濃紺の国産セダンだ。いくら理事長もいっしょだとはいえ、校長が運転する車の後部座席に乗るのは気が引けたので、助手席に乗り込んだ。車の中から尚子理事長が電話をかけると、横浜のみなとみらいエリアにある外資系高級ホテルのスイートルームがすぐに用意された。

節子校長の運転はなかなかにキビキビとしており、右足でブレーキとアクセルを素早い動きで踏み分ける。そのたびにタイトなスカートの裾がずり上がっていき、ホテルの駐車場に着いたときには、鼠蹊部《そけいぶ》近くまでまくれ上がったスカートの裾と黒いガーターストッキングの間から、またも白い生太ももが顔を覗かせていた。

倫太郎は二本の生太ももが合わさるところに手を突っ込みたい衝動に駆られたが、焦ることはない。今夜のうちに生太ももに触れるのはもちろん、処女肛門の窄まりに口づけし、その締まり具合を勃起ペニスで味わうこともできるのだと思い直した。

倫太郎に劣情を催させたのは、それだけではない。尚子理事長も節子校長も、これから行う破廉恥な行為への期待に生殖器官を濡らしているらしく、二種類の淫臭が車内に充満していたのだ。

尚子理事長は淡いピンクのミニワンピースの上にライトグレーのカシミアのハーフコートを羽織り、腕にはルイ・ヴィトンのバッグを提げている。節子校長はスリムなスタイルと巨乳ぶりを強調する紺色の膝上丈のスカートスーツという出で立ちだ。

二人がホテルのロビーに入り、ゴージャスなシャンデリアの下に立つと、その場にいた男性客のほとんどがいっせいに振り向いた。

一人は北欧系ハーフのような彫りの深い美貌を持ち、ムッチリとした太ももを惜しげもなく晒している。もう一人は瓜実顔の理知的なクールビューティーだが、ボタンが外されたジャケットの下ではたわわな乳房がブラウスの布地を突き上げる。一人はアナル絶頂で牝潮を噴いたばかりだし、もう一人はこれから初めて経験するアナルセックスへの期待に発情していて、ともに全身から濃厚なフェロモンをまき散らしている。そのフェロモンが男たちを振り返らせ、二人の熟れた身体がその視線を釘づけにしたのだった。

倫太郎は、ふだんはダークな色のスカートスーツを着ている尚子理事長が、きょうに限って珍しく明るい色のワンピースを着ている理由を理解した。節子校長の服装との鮮やかなコントラストを狙ってのことだ。ということは、この日、節子校長と三人でホテルに来ることを、あらかじめ計画していたのだ。

倫太郎は男たちの羨望の眼差しを浴びながら、チェックインを済ませた尚子理事長と節子校長のあとについてエレベーターに乗った。エレベーターの中は、奇妙な沈黙と二人分の濃厚なフェロモンと、やはり二人分のきつい牝臭で満たされた。倫太郎は大きく深呼吸をして、二人分のフェロモンと淫臭で肺腑を満たす。これから二人の熟女を相手に繰り広げられる乱交に備えて、勃起中枢を刺激するためだ。

最上階でエレベーターを降りると、尚子理事長は勝手知ったる様子でツカツカと廊下を歩き、廊下の一番奥のドアを開ける。

スイートルームに入ってまず驚くのが、正面の大きな窓から見える景色だ。眼下に灯りがともり始めた横浜の街並み、目の前にはライトアップされたベイブリッジ、はるかに大型船が行き交う東京湾越しに房総《ぼうそう》半島の山並みを望む。

その絶景に見入っている倫太郎をよそに、尚子理事長はリビングルームのソファに着ている物をすべて脱ぎ捨て、さっさと全裸になってしまった。アナルセックスの際に腰から下は毎日のように見ているが、ほとんどが理事長室での立ちバックの体位だから、倫太郎は上着を脱ぎながらも、滅多に見られない尚子理事長の裸身から目が離せない。

本当に北欧の血が混じっているのではと思うほど真っ白な肌の中で、たわわに実った乳房の頂点にある乳輪と乳首、それに陰裂からほころび出た小陰唇の外縁部の濃い色素沈着が目を引く。だが、尚子理事長の場合、それすらも愛らしく感じられるから不思議だ。

尚子理事長は倫太郎に眼福を与えると、節子校長にもすべて脱ぐように指示した。

「で、でも、林先生が……」

初めての節子校長は、さすがに倫太郎の目を意識し、ためらっている。

「恥ずかしくて自分では脱げないのなら、私が脱がしてあげるわ」

尚子理事長は立ち尽くす節子校長に詰め寄り、ジャケットとブラウスをまとめて引き剝がすと、黒いブラジャーに支えられた乳房がブルンとこぼれ出た。Ｅカップはありそうな乳房の純白の柔肌に、青白い血管が透けて見える。節子校長が反射的に両手で隠そうとすると、尚子理事長はピシャリとその手を打った。

「宮崎校長、往生際が悪いわね。全部脱がないと、思い切りお潮を噴いたりなんかできないでしょ！」

節子校長がうなずいて両手を下ろすと、尚子理事長はタイトスカートのホックを外してファスナーを下ろす。スカートは流麗なラインを描く腰を滑り、足元にハラリと落ちた。節子校長が下半身に着けているパンティ、ガーターベルト、ストッキングはすべて、ブラジャーと同じ黒色だった。パンティは、ガーターベルトとほぼ同じ腰骨の上まで切れ上がっている超ハイレグだ。

「おおっ！　なんてエロいんだっ！」

「林先生ったら、校長先生に向かって『エロい』はないでしょ。まあ、確かにエロいけど、こうすると、もっとエロくなるわよ」

尚子理事長は、節子校長の黒髪をポニーテールにまとめているゴールドのポニーカフと縁なし眼鏡を外すと、豊かな黒髪が肩から背中にかけて広がった。百七十センチ近い長身で、スリムな身体にたわわな乳房を持つ節子校長がそんな格好をしていると、まるで高級コールガールだ。白い肌と黒い下着のコントラストが見る者の劣情をかき立てる。どう見ても名門学園の校長とは思えないエロさだ。

外はつるべ落としに日が暮れて暗闇となり、大きな窓ガラスがまるで鏡のように部屋の中を映し出す。

「こ、これが私なの？　私って、こんなにエッチな身体をしてたのね」

節子校長も窓ガラスに映る自分の姿に酔ったように、身体を揺らしたり、髪の毛をかき上げる仕草を見せる。そんな節子校長に、ソファに座って脚を高々と組んだ尚子理事長が命令する。

「だいぶ気分が出てきたようね。私と林先生はソファに座って観てるから、エッチついでに、そこでストリップショーをしてちょうだい」

「理事長と林先生の前で……ス、ストリップを？」

「そうよ。踊りながら、一つずつ、ゆっくりと脱いでいくの。私だってもう素っ裸になっているんだから、節子もできるわね？」

尚子理事長は職務上の優越的地位とアナルセックスの先達という立場を利用して、年上の節子校長を呼び捨てにし、上から目線で命令している。節子校長もいつの間にか、尚子理事長が下す無理難題に従うことに被虐の喜びを感じているようだ。

まだワイシャツもズボンも着たままの倫太郎がソファの右隣に座ると、尚子理事長は倫太郎のスラックスのファスナーを下ろし、中に手を突っ込んですでに完全勃起しているペニスを睾丸ごと引きずり出した。右手で肉茎をゆるく握り、ソフトな手コキを施す。尚子理事長の白魚のようなしなやかな指で触れられると、それだけで背筋にゾクゾクッと震えが走る。

「まあ、このオチ×チン、私と宮崎校長のどっちで興奮して勃ってるのかしら？」

「二人に興奮していますが、今のところは七対三で理事長です」

「何よ、十対ゼロじゃなかったの？　でも、いいわ。正直なところが、林先生の取り柄ですものね」

倫太郎の言葉が、節子校長の対抗心に火をつけたらしい。節子校長はパンプスを脱いでソファの前のマホガニー製のテーブルに上がると、本物のストリッパーのように身体を大きくくねらせて踊り始めた。

「いいわね。節子もやるじゃない」

もしかしたら、尚子理事長にも隠されたレズ性癖があり、節子校長に密かな恋心を抱いていたのかもしれない。その証拠に、節子校長のストリップダンスを食い入るように見つめ、倫太郎の勃起ペニスをシゴく手にも力が込められている。美熟女校長のストリップをかぶりつきで観ながら、美熟女理事長に手コキをされているなんて、学園のほかの教職員や生徒が知ったら……そう思っただけで、倫太郎は天にも昇る気分に浸った。

節子校長は踊りながら四つん這いになり、倫太郎たちに尻を向けたと思ったら、いきなり両脚をまっすぐに伸ばして腰を突き上げた。黒いガーターストッキングに包まれたスリムな美脚が見事な逆V字を描き、その頂点にのる肉づきのいい尻山が、倫太郎たちの目の前に突き出された。

「まあ、節子のパンティ、お尻の谷間にはまり込んで、お尻が丸見えだわ」

「紐のような股布の両脇から、肛門の窄まりがはみ出てるっ！　理事長のお尻の穴と違って、きれいなピンク色ですよ」

「悪かったわね。どうせ私のアナルは黒ずんでいるわよっ！」

上品な尚子理事長が口汚く毒づくのを聞いて気をよくしたのか、節子校長は仰向けになって後ろ手を突き、両脚をM字に大開脚し、そこから腰を大きく持ち上げた。今度は倫太郎たちの目の前に、黒いハイレグパンティの股布を食い込ませた陰裂がご開帳される。

「おおおっ！」

「まあ、きれいっ！」

二人が同時に声をあげたのにはわけがある。湿った空気といっしょに立ち昇る淫臭と、陰裂に食い込んだ黒い股布を除けば、節子校長の生殖器官は、まるで無垢《むく》な幼女のようなたたずまいを見せているのだ。

毛穴一つ見えないほど完全な脱毛処理が施された真っ白な恥丘をハイレグパンティが二分する。その股布は細くよじれ、陰核包皮の割れ目から陰裂に潜り込む。股布を深々と食い込ませた小陰唇は、肛門の窄まりと同じ鮮やかなピンク色をして、ほころび出たビラビラも小さい。

身体の柔軟さや決めのポーズからして、節子校長は日ごろヨガで身体を鍛えているらしい。どんなアクロバティックな体位のアナルセックスにも応じてくれそうだ。

倫太郎はまずいと思いながらも、すでに勃起しているペニスの海綿体に、さらに血液が流入するのがわかった。尚子理事長はそれを見逃さなかった。

「林先生ったら、私に手コキさせておいて、節子の処女のようなオマ×コを見て、昂奮してるのねっ！　ひどい人っ！」

尚子理事長が勝手に倫太郎のペニスを引きずり出して手コキを始めたのに、いつの間にか倫太郎の方から手コキをお願いしたことにされている。倫太郎はそれに気づきながらも、尚子理事長に合わせることにした。

「す、すみません。校長先生のオマ×コもきれいですが、理事長の手コキがあまりに気持ちいいもので……」

尚子理事長は倫太郎のみえみえの言い訳を受け入れ、節子校長に矛先を向ける。

「節子、そろそろ一つずつ脱いでいってちょうだい。でないと、節子が裸になる前に林先生がイッてしまいそうよ」

節子校長は床に立ってテーブルに片脚をのせると、右脚のストッキングを留めているガーターリボンのクリップを外した。そして、倫太郎と尚子理事長を見つめながら、ストッキングをクルクルと巻きながら剝き下ろし、足先から抜き去る。太ももの内側に幾筋かの青白い血管が透けて見えた。

左脚のストッキングも同じように脱ぐと、背中を向けて後ろ手にブラジャーのホックを外し、肩紐を落とす。両手でブラカップを押さえて振り向くと、見る者を焦らすように乳房を隠したまま、腰を妖しくくねらせる。

権力者に命じられ、自分の部下にも素肌ばかりか生殖器官や排泄器官まで晒すことにマゾ性癖と露出性癖を刺激されているのだろう。節子校長は眉根を寄せて目をトロンとさせ、半開きの口から今にも涎を垂らしそうな表情をしている。

「草柳理事長、林先生、これから節子の恥ずかしいオッパイをお見せします。大きいからって軽蔑なさらないでください」

節子校長が両の乳房からブラジャーを引き剝がすと、真桑瓜のような重量感のある乳房がまろび出た。頂点にある乳首と乳輪は、肛門の窄まりや小陰唇と同じ鮮やかなピンク色だ。節子校長が投げて寄こしたブラジャーを受け取った倫太郎は、さも愛おしげに頰ずりし、匂いを嗅ぐ。それは生暖かく、かすかに乳のような匂いがした。

「まあ、林先生ったら、節子のブラジャーをクンクンして、オチ×チンをピクピクさせているわ。節子、早くパンティもクンクンさせてあげなさい」

節子校長は倫太郎たちの方を向いてテーブルに腰かけてハイレグパンティを剝き下ろし、片脚ずつピンと伸ばして抜き去ると、ペットにエサでも与えるように倫太郎に向かって投げてやる。

「おおっ！　グッショリと濡れて、とってもいい匂いがしてますっ！」

倫太郎は恥ずかしげもなく、ただの細い布切れと化したパンティに顔を埋めて匂いを嗅いでいる。

「林先生、どうせ匂いを嗅いだり舐めたりなさりたいなら、こちらの方がよろしいんじゃないかしら？」

節子校長は再びテーブルの上に仰向けになり、両脚をまっすぐに伸ばして垂直に上げると、両膝の裏側に両手を当ててグイッと引き寄せる。自分でマングリ返しのポーズを取ったのだ。倫太郎と尚子理事長の鼻先で、節子校長の生殖器官と排泄器官が、一点の隠すところもなく露になった。

その一帯にはうぶ毛の一本も生えておらず、色素沈着もほとんど見られない。そんな中でひときわ目を引くのが、さっきまではハイレグパンティの股布が食い込んでいた陰核包皮を割って頭を覗かせているクリトリスだ。股布で圧迫され、こすられて感じていたのか、針で指しただけで血が噴き出しそうなまでに充血し、ヌラヌラと赤く輝いている。

「おおおおっ！　校長先生のクリトリス、なんてきれいなんだっ！　真っ赤なルビーのようです」

倫太郎が初めて尚子理事長のクリトリスを見たときは、クリトリスの根元にクリカスがついているなどと言っていたのに、節子校長のクリトリスは手放しにほめたのが癪《しゃく》に障ったらしい。尚子理事長は両手を節子校長の股間に伸ばすと、無造作に陰核包皮を剝き下ろします。

「あああんっ！　り、理事長っ！　クリちゃんをいきなり剝くなんて……」

節子校長は口では抗議しながらも、マングリ返しのポーズは崩さない。尚子理事長のクリトリスと同じく、大ぶりのクリトリスの全貌が明らかになった。違うのは根元にもクリカス一つ付着しておらず、シーリングライトを受けて大粒のルビーのようにキラキラと輝いていることだ。

「悔しいけど……確かにきれいだわ。こんなにきれいなクリトリスを林先生に舐めさせるのはもったいないから、私がこうして可愛がってあげるわね」

尚子理事長は左手の指で陰核包皮を剝き下ろしたまま、右手の親指と人差し指、中指の指先でクリトリスの粘膜をこねるように摩擦する。

「おおおおおんっ！　私、クリトリスは……よ、弱いのっ！　理事長、そんな風にこすっちゃ駄目っ！」

倫太郎に初めてクリトリスを剝かれて陰核絶頂を教えられて以来、尚子理事長は毎晩のようにバスルームでクリトリスに指を遣ってオナニーをしている。そのため、自分以外のクリトリスを責めるのは初めてながら、急所を押さえた指遣いは堂に入っている。

節子校長がマングリ返ししたまま悶え始めてから、三分とたたないうちだった。

「はうううううんっ！　理事長の指で、ク、クリトリスを責められて……節子っ、イクッ！　イクッ！　イクッ！　イッちゃうううううっ！」

節子校長は牝潮こそ噴かなかったものの、両脚を天井に向かって突っ張らせ、ほとんど逆立ちするようなポーズで絶頂した。倫太郎は、節子校長がテーブルから落ちないように、その脚を抱きかかえてやった。

「ありがとう、理事長、林先生。いつものクリトリスオナニーより、何倍も気持ちよかったわ」

「じゃあ、次はベッドルームで3Pを楽しみましょ。林先生、私のヴィトンのバッグをお願いね」

尚子理事長は節子校長の手を取って立ち上がらせると、リビングルームの隣にあるベッドルームに向かう。節子校長が上がっていたテーブルには、巨大なナメクジが這ったようなぬめりが残されていた。

倫太郎も素っ裸になり、ルイ・ヴィトンのバッグを手にベッドルームに入ると、ともに全裸の尚子理事長と節子校長が、横浜の夜景をバックに窓辺に立って抱き合い、顔を斜めに傾け合って熱烈な口づけを交わしていた。どちらも色白のため、二匹の白蛇が鎌首をもたげて絡み合っているようだ。

「理事長、バッグをお持ちしました」

尚子理事長は一瞬、倫太郎のことなど忘れていたかのような戸惑いの表情を見せ、慌てて指示を出す。

「ああ、そうだったわね。バッグはベッドの脇のテーブルに置いて、中に入ってるシートとローションのボトルをお願いね」

シートは畳二畳分はある大きな吸水シートだった。倫太郎はキングサイズよりもさらに一回り大きいサイズのベッドの下半分を覆うようにシートを広げた。牝潮対策のためのシートだ。

「私が仰向けに寝るから、節子は逆向きに私の顔を跨いで四つん這いになるのよ。まずはクリトリスを舐め合いましょ」

女同士のシックスナインだ。倫太郎は自分だけ仲間外れかと思ったが、見れば、すぐそこに四つん這いになって突き出された節子校長の尻山があり、その狭間に鮮やかなピンク色の肛門の窄まりがあった。窄まりは放射状に並ぶ緻密なシワを蠢かせ、倫太郎の口づけを誘うように息づいている。

その窄まりの一番の特徴は、中心に向かって渦を巻きながら深く落ち込んでいることだ。尚子理事長の窄まりが黒い小菊なら、節子校長の窄まりは小さなピンク色の巻き貝のようだ。生殖器官が端正なたたずまいなら、排泄器官も楚々した風情を漂わせる。

「校長先生の肛門の窄まり、オマ×コと同じで、とってもきれいです。こんなに可憐なアナルに、僕のチ×ポを挿入できるなんて、感激です」

尚子理事長にひがまれるかと思ったが、理事長は一心不乱に節子校長のクリトリスを舐めている。

「はうううううんっ！　ほめてもらうのはうれしいけど、林先生の鼻息がお尻の穴にかかって、くすぐったいわ」

「す、すみません。感激のあまり興奮して、鼻息が荒くなってしまいました」

「それに、草柳理事長はクリ嬲りも上手でしたけど、クリ舐めはもっと上手。気持ちいいわっ！」

尚子理事長にはやはりレズ性癖があり、本人もレズプレーに酔っているしい。

「アナルセックスをする前に、お尻の穴をよくほぐしておきましょう」

倫太郎はそう言うと、節子校長の肛門の窄まりに唇を重ね、舌先で窄まりのシワを掘り起こしながら、唾液をシワの奥にまで塗り込めていく。

「おおおおおっ！　クリトリスを舐められるのも、お、お尻の穴を舐められるのも初めてだけど……な、なんて気持ちいいのっ！　世の中に、こ、こんなに気持ちいいことがあるなんて、知らなかったっ！」

そう言えば、尚子理事長はクリ舐めも尻舐めも倫太郎によって数えきれないほど経験しているが、両方を同時に舐められたことはない。そのことに気づいた倫太郎は、節子校長をサンドイッチする3Pのあとで、尚子理事長をサンドイッチする3Pまであることを覚悟した。

そんなことを考えながら節子校長の窄まりを舐めていると、渦を巻いた深い窄まりが、倫太郎の舌を奥へ奥へと誘うような動きを見せるようになった。

「校長先生のお尻の穴、私の舌を吸い込もうとしていますよ。もう十分にほぐれたようです」

倫太郎のその言葉を合図に、尚子理事長は節子校長の下から抜け出し、サイドテーブルに置いたバッグの中から、細長い紫色のベルベット製の袋を取り出した。

その袋の中から出てきたものを見て、節子校長はもちろん、倫太郎も驚いた。

「な、何なの？　ゴツゴツしていて、なんだか恐ろしいわ」

「それって、双頭のディルドじゃないですかっ！　それも特大で極太だっ！」

尚子理事長の手に握られてたのは、倫太郎が言ったとおり、両端に亀頭の形の瘤《こぶ》がついた双頭ディルドだった。黒々とした全長は優に四十センチ近くあり、肉茎部分の太さは直径三センチほどで、亀頭部分はさらに太く、禍々しいまでに張り出したエラがついている。まるで倫太郎の勃起ペニス二本を逆向きに貼り合わせたようだ。

いつもとは違う明るい色のミニワンピースと言い、吸水シートや禍々しい双頭ディルドを持参していたことと言い、やはり最初から節子校長をホテルに誘い、3Pに持ち込む計画だったのだ。

尚子理事長は節子校長と並んで横になり、双頭ディルドの一端を節子校長の手に握らせる。

「私たち、これで一つにつながるのよ。節子はずっとこうしたかったんでしょ？　うれしい？」

双頭ディルドの禍々しさに怖気《おじけ》づいていた節子校長も、その言葉を聞いて、ようやく長年の願いが叶おうとしていることに気づいたようだ。

「う、うれしいっ！　理事長と愛し合えるなんて……ゆ、夢みたいっ！」

「じゃあ、この先っぽを舐めて、たっぷりと唾をつけるのよ」

「で、でも、こんなに大きいのが……は、入るかしら？」

節子校長はそう言いながらも、幼児の拳ほどもある亀頭もどきに口づけし、スッポリと呑み込んだ。

「大丈夫よ。私は自分で何度も入れてるし、お尻の穴にだって入るんだから」

「ええっ！　り、理事長はこれでアナルオナニーまでしていたんですか？」

「そうよ。だって、林先生は最近、生徒たちのお母さんに夢中で、私の相手をしてくれる回数が減ってるんですもの。つい我慢できなくて……」

これには節子校長が鋭く反応した。

「まあ、林先生、例の三人の生徒の母親たちと、今もアナルセックスを？」

尚子理事長の一言で、倫太郎にとって急に風向きが怪しくなった。

「そうなの。それも、三人とも毎週なのよ」

「いくらアナルセックスは浮気や不倫にならないって言っても、それって職権濫用で問題だわ」

「ちょ、ちょっと待ってくださいっ！　私は三人の母親に対して、何も自分から迫っているわけではないんです。生徒の母親にアフターサービスを求められれば、担任として応じざるをえませんよ。それで……」

「物は言いようね。でも、三人の母親が病みつきになるほど気持ちいいのね、アナルセックスって」

「そうよ。でも、節子はきょう、ただのアナルセックスじゃなくて、レズプレーをしながらのアナルセックスだから、もっとすごいはずよ」

尚子理事長は節子校長に向かってＭ字開脚すると、自らの唾液にまみれて黒光りする亀頭もどきを自らの膣穴にあてがい、色素沈着が進んだ小陰唇の狭間にゆっくりと挿入していく。倫太郎も節子校長も、これほど長大な物体が膣穴に入っていくのを見るのは初めてだ。

「はうううううんっ！　き、効くっ！　二人の人間に見られながら、オマ×コにディルドを使うのって……よけいに感じるわっ！」

怪物のようなディルドの半分近くまで膣穴に挿入すると、尚子理事長は真ん中でグイッと折り曲げ、一端を天井に向けた。尚子理事長の膣穴から這い出た大蛇が鎌首をもたげ、節子校長を狙っている。

節子校長はその大蛇に魅入られたように、尚子理事長の腰を跨ぐと、やはり黒光りする亀頭もどきを無垢の少女のような膣穴にあてがい、腰をゆっくりと下ろしていく。

「おおおおおんっ！　ほ、本当にすごいわっ！　主人のとは大違いだわ。オマ×コをこんなに広げられるのって初めてっ！」

節子校長はさらに腰を下ろしつづけるが、自らの陰裂が尚子理事長の陰裂に触れる直前で止めた。

「おおおっ！　し、子宮口に届いたわっ！　こ、これも初めてよっ！」

「わ、私だって……初めて子宮口をグリグリされてるのっ！　節子、来てっ！」

尚子理事長が両腕を節子校長に向かって伸ばすと、節子校長はその腕の中に倒れ込み、尚子理事長に口づけする。

「ああんっ、理事長、私、理事長とこうなれて幸せですっ！」

「はううんっ！　私も、逞《たくま》しいオチ×チンと本当のセックスをしてる見たいで……オマ×コがとっても気持ちいいわっ！」

尚子理事長は腰を揺すってディルドの先端で子宮口を刺激しながら、両脚を節子校長のウエストに回して締めつけた。美熟女二人の真っ白な尻山と尻山が二段重ねになり、色素沈着が進んだ陰裂と鮮やかなピンク色の陰裂に、黒光りする一本の極太ディルドが深々と呑み込まれている。その圧巻の光景に見とれ、またも一人だけ仲間外れにされたような気持ちになっている倫太郎に、尚子理事長が声をかける。

「林先生、何をボーッとしてるの？　節子の肛門の窄まりに、そのデカマラを入れるんでしょ？」

「そ、そうでしたっ！」

倫太郎は尚子理事長が用意してくれたローションを勃起ペニスに塗り込め、節子校長に話しかける。

「校長先生のアナルの処女、この私がいただきますっ！」

「いいわっ！　私のお尻の穴の処女、林先生にあげますっ！　だ、だから、私もお潮を噴けるぐらい、気持ちよくさせてねっ！」

倫太郎はパンパンに膨らんだ亀頭を可憐な巻き貝のような肛門の窄まりにあてがうと、引き締まった尻山を両手でつかみ、先端に体重をのせていく。

ズブリッ！

大栗のような亀頭が肛門の窄まりに呑み込まれ、その勢いのまま直腸の奥まで突き進んでいき、倫太郎の下腹が節子校長の尻山に密着した。

「うおおおおおっ！　は、入ったのね、林先生のオチ×チンが？」

「そ、そうですっ！　でも、校長先生のアナル、す、すごすぎますっ！」

節子校長の直腸と薄い肉壁一枚で隔てられた膣穴には、極太ディルドが挿入されている。それが、まるで洗濯板でこするように勃起ペニスの裏筋を責め立てたのだ。おまけに、可憐な処女アナルにしては勃起ペニスをすんなりと受け入れた節子校長の窄まりが、今は勃起ペニスの根元をグイグイと締め上げ、下腹から引き抜こうとする動きさえ見せる。

「林先生のオチ×チンも、胃の中まで突き上げてきてるみたいっ！　オマ×コだけでも初めての快感なのに、こんなの節子には耐えられないわっ！　せ、節子っ、イキますっ！　イクッ！　オマ×コと尻穴を同時に責められて……イクッ！　イクッ！　イクゥウゥウゥウゥウッ！」

尚子理事長に下からカニ挟さみされ、二穴同時に串刺しにされているにもかかわらず、節子校長は驚異的な全身の筋力を発揮し、尚子理事長の膣穴を双頭ディルドで突き上げ、尻にしがみつく倫太郎を振り落とそうとする。この激しい動きには、尚子理事長も倫太郎も降参するしかない。

「しょ、尚子も……イクッ！」

「ぼ、僕もイクッ！」

倫太郎が節子校長の尻にしがみついたまま いっしょに後ろに倒れると、節子校長の膣穴から極太ディルドが抜け出た。その次の瞬間だった。

ブシャァァァァァァッ！

節子校長が人生初の牝潮を噴き上げると、尚子理事長も負けじと、自らディルドを膣穴から引き抜いて牝潮を噴く。倫太郎も節子校長の膣穴から伝わる牝潮噴射の振動を勃起ペニス全体に感じながら、直腸の奥深くに会心の射精を遂げた。

長い時間をかけて牝潮噴射と射精を終えた三人は、それぞれ仰向けにベッドに倒れ込み、呼吸を整えなければならなかった。

そのあと、双頭ディルドで節子校長とつながった尚子理事長の尻穴を突き上げ、この日三度目のアナル射精を果たした倫太郎は一人、家に帰されることになった。シャワーを浴びた倫太郎がベッドルームに戻ると、牝潮を噴いたばかりの尚子理事長と節子校長がベッドの上で四つん這いになり、尻山と尻山を激しくぶつけ合っていた。二人は極太ディルドをアナルに挿入してつながり、お互いのアナル性感を刺激し合っているのだ。倫太郎は二人の貪欲さに呆《あき》れ顔で眺めながら、衣服を身に着けた。

「では、私はこれで失礼します」

身支度を整えた倫太郎が挨拶をしても、二人の耳には入らない様子で、尻山のぶつけ合いはますます激しくなり、喘ぎ声も最高潮に達していた。ベッドルームを出てドアを閉めたとき、二人が同時にアナル絶頂を告げる絶叫がドア越しに聞こえた。

エピローグ

「あら、林先生、どうしたの？　コソコソと帰り支度でもするつもりなの？」

脱ぎ散らかした衣服をまとめてベッドルームを出ていこうとした倫太郎に、ベットの上に横たわり、M字開脚している尚子理事長が声をかけた。

「ええっ！　だって、もう今夜はもう合計四回したので、ノ、ノルマは果たしたはずですよ」

「まあ、ノルマだなんてっ！　私と節子のトロトロのお尻の穴を味わうのがノルマだって言うの？」

「そ、そ、そんな滅相もないっ！」

「一晩四回は、最低限ということよ。わかったらこっちに来て、二人のアナルを舐めてちょうだい」

草柳尚子理事長のM字開脚の中心に顔を突っ込み、そのクリトリスにクンニを見舞っていた宮崎節子校長が、四つん這いの尻山を揺り動かす。

「林先生のオチ×チン、もう一度アナルにいただくわ。尚子、いいでしょ？」

「まあ、節子ったら、欲張りね。でも、いいわよ。私はあしたの朝、お尻にいただくから」

倫太郎の気持ちや体力にはお構いなく、尚子理事長と節子校長の間で、アナルセックスとレズプレーの予定が決められた。倫太郎は抱えていた衣類を傍らのソファに放り投げると、ベッドに上がり、節子校長の尻山の狭間に顔を埋めていった。


この夜のおよそ三カ月前、節子校長は初めてのアナルセックスとレズプレーで、肉体的な欲求不満を解消すると同時にレズ性癖を満足させた。節子校長はそのあと、女子校に通う自分の娘に嫉妬することもなくなり、娘の不登校問題は解決された。

そこまでは尚子理事長の狙いどおりだったが、尚子理事長に誤算だったのは、自分自身の秘めたるレズ性癖が掘り起こされ、一気に花開いてしまったことだ。

その結果、倫太郎には尚子理事長や三人の母親とのアナルセックスのほかに、毎週土曜日の夜、ホテルのスイートルームでの尚子理事長、節子校長との３Pプレーがノルマとして加わったのだ。まさにチ×ポが乾く暇もないほどの忙しさで、絶倫を誇る倫太郎もさすがに食傷気味だった。

そんな倫太郎にとって光明は、高田正昭は東大、柳沢吉彦は早稲田、村上耕司は東京芸大にとそれぞれ志望大学に進学することが決まり、来月に新学年を迎えれば、三人の母親たちとの週一回のノルマから解放されることだ。

いつもの土曜日と同様にこの日も、三人は午後の早い時間に別々にホテルのスイートルームに入った。

これからは尚子理事長と節子校長の相手をすればいいだけと思うと、気持ちも身体も軽やかに感じていた倫太郎は、まずは極太ディルドで節子校長とつながった尚子理事長の尻穴に勃起ペニスを突き入れ、この日最初の射精をした。二回目の射精は、ディルドで尚子理事長とつながった節子校長の尻穴に放った。尚子理事長と節子校長も二度ずつ牝潮を噴いた。

バスルームで、それぞれが浴びた牝潮と蜜液と精液を洗い流し、三人ともバスローブ姿で血のしたたるようなサーロインステーキを食べているときだった。

「林先生が、例の母親たちのアナルをうまくコントロールしてくれたおかげで、三人とも志望大学に入学できたわ。お礼を言うわ。ありがとうございました」

思いも寄らず尚子理事長に礼を言われた倫太郎が、口いっぱいに含んだ分厚い肉を喉に詰まらせそうになりながら答える。

「い、いいえ、お礼を言っていただくには及びません。三人とも美熟女ぞろいでしたし、私も三者三様の肛門の窄まりを堪能させてもらいましたので……」

そのとき尚子理事長と節子校長が目配せするのを見た倫太郎は、何やら嫌な予感を覚えた。今度は、節子校長がニッコリと微笑みかけてくる。

「それはよかったわ。じゃあ、これから命令するミッションも、きっと楽しみながらやってもらえるわね」

「グエッ！　ゴホ、ゴホッ！　ま、まだミッションを、つ、つづけるんですか？」

今度は本当に喉に詰まらせてしまった。そんな倫太郎の様子は気にもかけず、尚子理事長は倫太郎に新年度からの新たなミッション珍ポッシブルを授けた。

「宮崎校長と相談して決めたのよ。林先生には担任とかクラスにとらわれず、三年生全般の家庭問題を解決してもらうことにしようって」

尚子理事長と節子校長は、プレー中はお互いの名前を呼び捨てにしているが、仕事の話となると苗字《みようじ》に肩書をつけて呼び合う。一介の国語教師の倫太郎にとって、理事長とか校長という肩書はずっしりと重い。倫太郎は口に含んでいた肉を無理やり呑み込んで尋ねる。

「それって、百人以上いる三年生の母親全員がミッションの対象になるかもしれないということでしょうか？」

「そうよ。最初は高等部の全学年の生徒の母親を対象にしようかと思ったけど、それだと、いくら林先生が絶倫でも身体がもたないだろうって、草柳理事長がお情けをかけてくださったのよ。感謝しなさいね」

感謝しろと言われても、不安は募る一方だ。

「あ、あのう……理事長」

「なあに？」

「これからも理事長室に毎日、報告に行くのでしょうか？」

「毎日の報告は、宮崎校長にしてもらうからいいわ。平日は問題のある母親の〝アナル指導〟に専念してちょうだい」

ということは、平日は理事長室や校長室で、節子校長とのレズプレーに耽《ふけ》るということだ。倫太郎がホッとしたのも束《つか》の間、尚子理事長から新たな追加のミッションが下される。

「林先生からの報告は週に一回、このホテルで聞くわ。その代わり、ここではチェックインしてから翌日にチェックアウトするまで、私たち二人を最低でも二回ずつアナル絶頂させてもらいます。これもミッションの一環ですよ。いいわね、林先生？」

「と言うことは、一晩で最低でも四回はアナルセックスをするってことですね？」

「そうね。二×二は四ですものね」

これはミッションという名のノルマではないか。

そう思ってすっかり食欲をなくした倫太郎をよそに、二人はステーキをペロリと平らげた。そして、グラスに残ったワインを飲みほして勢いよく立ち上がる。

「さあ、腹ごしらえもできたわ。後半戦といきましょっ！」

「そうしましょっ！」


食事のあと、倫太郎はそれぞれの尻穴に一回ずつ精液をしぶかせ、そのたびに二人ともに牝潮を噴かせた。二人が息も絶えだえに身悶えしている間に、さっさと部屋をあとにしていれば、レズプレーを始めた二人に呼び止められることもなかっただろう。

倫太郎が本日のノルマ、いやミッションを果たしたと安心し、ゆっくりとシャワーを浴びたのが間違いだった。その油断を悔やみつつ、倫太郎は節子校長のピンク色の巻き貝のような肛門の窄まりに舌先を使いつづけるのだった。